英国ちいさな村の謎⑧

アガサ・レーズンとカリスマ美容師

M・C・ビートン　羽田詩津子 訳

Agatha Raisin and the Wizard of Evesham

by M. C. Beaton

コージーブックス

挿画／浦本典子

本物のイヴシャムの魔術師、〈トマス・オリヴァー〉のマリー・スティールに心からの感謝を捧げる。

アガサ・レーズンとカリスマ美容師

主要登場人物

アガサ・レーズン……元PR会社経営者
ジェームズ・レイシー……アガサの隣人
サー・チャールズ・フレイス……准男爵
ミセス・ブロクスビー……牧師の妻
ミセス・ダリ……カースリー婦人会の新メンバー
リザ・フレンドリー……カースリー婦人会の新メンバー
ジョン・ジョーパート……イブシャムの美容師
ジョシー……ジョンの美容院の受付係
マギー・ヘンダーソン……ジョンの美容院の客
メイヴィス・バーク……ジョンの美容院の客
ハリエット・ワース……ジョンの美容院の客
ジェシカ・ラング……歯科医院の受付係
イヴ……美容師
マリー・スティール……美容師
ロイ・シルバー……アガサの元部下
ビル・ウォン……ミルセスター警察の部長刑事

1

熱帯のような暑さだった。ただし、ここはイングランドで、しかもコッツウォルズのイヴシャムだ。アガサ・レーズンはマーズタウ・グリーン駐車場に車を乗り入れると、エアコンのスイッチとエンジンを切り、車から一歩降りたとたんに襲いかかってくるだろう、むっとする熱気を覚悟した。

世間の人々と同じく、アガサも温暖化現象についての脅しは環境テロリストたちがでっちあげた作り話だと考えていた。しかし、この八月は夜に雷鳴をともなう豪雨が降り、昼間はじとっとした蒸し暑さが続いている。まったく妙だ。

アガサは車を降りると暑さにうめき声をもらしながら、パーキング・チケット発券機に近づいていった。よりによってこんな日に髪をカラーリングすることにしたのは失敗だったわ！

車に引き返してチケットを窓に貼りつけると、かがみこんでバックミラーの中の自

いる。

分の姿をのぞきこんだ。アガサの髪はまだ濃い茶色だったが、今は紫色の筋が入っている。
アガサ・レーズンは、ポワロやピーター・ウィムジイ卿と肩を並べる名探偵だと自負している。しかし「最後の事件」のあと軽い鬱状態に陥ってしまった。きれいな脚をした、がっちりした体型の中年女性のアガサは、その小さなクマのような目で世間を疑わしげに眺めている。若い頃から髪は自慢で、豊かな茶色の髪はいつもつやつやしていた。

しかし、つい数日前、白髪を発見してしまった。いまいましい白髪があちこちに顔を出していたのだ。あわててカラーリンスをしたら、白髪は紫色に染まった。

「ミスター・ジョンのところに行くといいわ」牧師の妻のミセス・ブロクスビーがアドバイスしてくれた。「イヴシャムのハイ・ストリートにあるお店よ。とても腕がいいらしいわ。カラーリングにかけては魔術師だって言われているみたい」

そこでアガサは予約を入れて、ここイヴシャムにやって来たのだった。彼女の住んでいるカースリー村から十六キロほど離れた町だ。

皮肉屋に言わせると、イヴシャムは失業手当とアスパラガスで有名らしい。エイヴォン川のほとりにイヴシャムの谷はあった。苗木畑、果樹園、それにもちろんアスパラガスで有名だった。それでも歴史的建造物めあての観光客の目には、ぱっとしない町として映るようだ。増加する人口にもかかわらず、商店は次々に閉まり、ウィンドウに打ちつけられた板には地元の画家によって昔のイヴシャムの風景が描かれていた。そのせいで絵画と格安中古品店の町のように感じることがあるほどだ。太った子だくさんの女性たちが、小さな子どもたちを乗せた乳母車を押していく。彼女たちが好むファッションはレギンスとゆったりしたブラウス。コラムニストでテレビ番組のパーソナリティのアン・ロビンソンが言うように、レギンスは乳母車と赤ん坊に似合うと、アガサは思った。

たくさんの衣料品店が閉店に追いこまれたのは、バイヤーが女性住人のサイズを確かめずに、6Lサイズは置かずLLまでしかそろえなかったことにあるのだろう。

古い教会の堂々たる姿には目もくれず、アガサはハイ・ストリートまで歩いていった。ジェームズ・レイシーとちがって、アガサは歴史に興味がなかった。ジェームズは彼女の愛する人であり隣人だが、またもや旅行に出かけていたので彼のコテージは空っぽだった。そのせいでアガサは気持ちが滅入り、頭に白髪が目立つようになったのだ。

美容師は苗字ではなく名前でミスター・ジョンと呼ばれていて、ミセス・ブロクスビーは彼を指名するようにと念を押した。

やっとその店が見つかった。ハイ・ストリートの日差しの中で輝く店の入り口は控え目で、ドアの上に真鍮（しんちゅう）製の飾り文字で「ミスター・ジョン」と書かれているだけだった。

アガサはドアを押し開け、中に入っていった。もちろんエアコンはなかった。ここはイギリスだし、商店主の頭には最近のたび重なる冷夏の記憶が刻みこまれていたので、この猛暑でもエアコンを設置する決断ができないのだろう。

受付係は予約帳のアガサの名前を消すと、やせたニキビだらけの女の子にアガサをサロンに案内するように言いつけた。アガサは来なければよかったと後悔しはじめた。奥の部屋に通されると、女の子はミスター・ジョンを呼んでくると言った。

アガサは鏡の中の自分の姿をむっつりと眺めた。老けて野暮ったく見える。

そのとき背後の鏡に人の姿が映り、感じのいい声が言った。「こんにちは、ミセス・レーズン。ミスター・ジョンです」

アガサはまばたきした。ミスター・ジョンは長身で、とてもとてもハンサムだった。ふさふさしたブロンドの髪、ぬけるような青いブルーの瞳。その瞳は驚くほど青く、カワセミの羽根を思わせる色合いだ。顔はわずかに日に焼けていた。

「さて、どういうお悩みなのでしょうか？」

「紫色の髪よ」アガサはハンサムな男性の前だと自分のみっともない姿が余計に意識されて、不機嫌になった。

「簡単に染め直せますよ。髪のセットもいたしましょうか？」

アガサはいつも髪を短くしていたが、かなり長いあいだ伸びるに任せていた。肩をすくめた。乗りかけた船よ。「お願いするわ」

「あなたは地元の方じゃありませんよね？」ミスター・ジョンはきれいに爪を整えた力強い手でヘアカラー剤を混ぜはじめた。

「ええ、ロンドンから来たの」アガサはミスター・ジョンだろうと誰だろうと、バーミンガムのスラム街で育った子ども時代のことを話すつもりはなかった。「PR会社を経営していたんだけど、売却して早期退職したのでカースリーに引っ越してきたのよ」

「きれいな村ですね」

「ええ、とても気持ちのいいところよ」

「では、ご主人も気に入っていらっしゃる？」

「主人は亡くなったの」

彼の手がアガサの頭上で止まった。

「レーズン。レーズンか。その名前には聞き覚えがあるな」

「そうでしょうね。主人は殺されたから」

「ああ、なるほど、覚えています。ショックだったでしょう」

「もう乗り越えたわ。どっちみち何年も会っていなかったし」

「まあ、あなたのように魅力的な女性はいつまでも一人ではいないでしょうね」

「ずいぶんお世辞がうまいのね。それに、そういうことを冴えないお客全員に言っているんでしょ」アガサはつっけんどんに言った。「だけど、自分の外見についてはいやっていうほどわかってるわ」

「ああ、でも、これまではぼくが担当していなかったから。ぼくがヘアスタイルを仕上げたら、群がってくる男性を必死に追い払わなくちゃならないでしょうね」

アガサはいきなり笑い声をあげた。「ご自分の腕にずいぶん自信があるみたいね」

「納得していただけると思いますよ」

「そんなに腕がいいのに、どうしてイヴシャムに？」

「おかしいですか？　ぼくはイヴシャムが好きなんです。いい人ばかりだし。それに、ここでは王さまでいられますが、ロンドンではその他大勢の一人だ。さて終わった。

これからタイマーをセットします。シャロン、コーヒーと雑誌をミセス・レーズンにお持ちして」

一人の女性が入ってきてアガサの隣の椅子にすわった。

「そろそろまたカラーリングですか、マギー？」ミスター・ジョンはお客を出迎えた。

「あなたがそう思うなら」マギーはうっとりしたまなざしで彼を見上げた。

「新しいヘアスタイルは、ご主人に気に入っていただけましたか？」

「わたしのことでは気に入るものがひとつもないみたい」不満たらたらの口調になった。「朝から晩までひどいことばかり言われてるわ。ほんと、あなたに励ましてもらわなかったら自殺していたかもしれないわよ、ジョン」

「さ、元気を出して。ぼくが髪を仕上げたときには気分がぐっとあがってますよ」

ヘアカラー剤が髪に浸透するのをアガサが待っているあいだに、さらにお客が案内されてきて、何人かは二人のアシスタントが担当した。それにしても、美容師というのはびっくりするほど赤裸々な打ち明け話を聞かされるようだった。

立ち働いているミスター・ジョンをこっそりと観察した。筋肉質の体とブロンドの髪、それに、あのうっとりするほど青い瞳。

何週間かぶりにアガサは生気が甦(よみがえ)ってくるのを感じた。

タイマーが鳴るとシャンプー台に案内され、ヘアカラー剤が洗い流された。それからミスター・ジョンのところに戻ると、彼は髪をカーラーで巻きはじめた。

「ブロードライするのかと思ったわ」

「アップにしようかと思っているんです……アガサ。アガサでかまいませんよね？」

もっとぱっとしない外見の美容師だったら、ミセス・レーズンよ、と切り口上にやり返しただろう。アガサはうなずいた。

「お気に召すと思います」

「これまでアップにしたことがないの。いつも短くしているから」

ミスター・ジョンは舌打ちした。「ご自分の魅力をわかっていないご婦人方は必ず髪をショートにしてしまう。ぎりぎりまで髪を切ってしまっている女性は、自尊心が低い見本ですよ。こうしましょう。もしお気に召さなかったら、元に戻してカットします」

アガサはしぶしぶ承知したが、汗が体を流れ落ちるのが感じられた。どうしてミスター・ジョンはこんなに涼しそうにしていられるのかしら？

もう何時間も熱いドライヤーの下にいるんじゃないかと心配になりはじめたとき、ようやくミスター・ジョンのところに連れ戻された。

ミスター・ジョンが忙しく手を動かしているあいだ、アガサは新しい自分が作られていくのをわくわくしながら眺めた。髪の毛はつややかで再び茶色になっていたが、アップにしてフレンチツイストにされ、四角い顔がほっそり見えるようにアレンジされた。アガサは暑さのことを忘れ、心からの感謝をこめてミスター・ジョンに微笑を向けた。

ハイ・ストリートを歩きながら店のウィンドウに映る自分の姿に見とれていたとき、次の予約を入れてこなかったことに気づいた。もっとも、これまではロンドンにときどき行くたびにカットしてもらうぐらいで、たいてい自分で髪をセットしていたのだが。

家に帰るとすべてのドアと窓を開け放ち、新鮮な空気を入れようとした。二匹の猫は庭に駆けだしていって、芝生にごろんと横になると日差しを浴びながら眠りこんだ。

鳴らない電話を眺めた。電話がまったく鳴らないので、いっそう気が滅入った。友人のビル・ウォン部長刑事は休暇をとっていた。二件の事件で関わりを持ったサー・チャールズ・フレイスはどこか海外に行っている。ジェームズ・レイシーの所在は神のみぞ知るだった。元部下のロイ・シルバーですら、わざわざ電話をかけてこようとはしないようだ。

そのとき、今夜カースリー婦人会の会合があることを思いだした。新しいヘアスタイルを自慢するのに絶好の機会だ。

ミセス・ブロクスビーは牧師館で会を主催する予定だったが、暑いので椅子とテーブルは庭に並べることになっていた。

アガサのヘアスタイルは上々の評判だった。

「どこでやってもらったの？」ミセス・フレンドリーがたずねた。小太りで陽気で、まさに名前どおりのフレンドリーな女性だ。彼女は比較的最近、村に引っ越してきて、もう一人の新入りミセス・ダリの毒気にあたったあとではありがたい存在として歓迎されていた。ミセス・ダリの方はウサギのように熱心にケーキをかじっているところだった。

「イヴシャムの〈ミスター・ジョン〉よ」

驚いたことに、ミセス・フレンドリーの顔はむずがっている赤ん坊のようにくしゃっとゆがんだ。「あそこの店には行きたくないわ」彼女はささやくようにつぶやいた。

「どうして？」アガサはぶしつけにミセス・フレンドリーの髪をじろじろ見た。冴えない茶色のボリュームのない汗ばんだ髪が赤らんだ顔を取り巻いている。

「別に」ミセス・フレンドリーはつぶやいた。「いろいろ噂があるし」

「ミスター・ジョンについて？」

「ええ」

「どういう噂？」

「ミセス・ブロクスビーと話をしてこなくちゃ」ミセス・フレンドリーはさっと離れていった。

アガサはその後ろ姿を見つめて肩をすくめた。ミス・シムズが近づいてきた。カースリーに住むシングルマザーで婦人会の書記だ。

「ものすごくゴージャスね、ミセス・レーズン」婦人会のメンバーにアガサと呼んでもらうことはとっくの昔にあきらめていた。この村では誰もが苗字で呼び合うという古めかしい礼儀を楽しんでいるのだろう。ミス・シムズは短いショートパンツにホルタートップを着て、いつものようにピンヒールの靴をはいていた。「どこでやってもらったの？」

「イヴシャムの〈ミスター・ジョン〉よ」

「ああ、あたしも一度行ったことがあるわ。妹のグラッドの結婚式でブライズメイドをしたときに。とってもかわいく仕上げてくれたけど、あの人は好きになれなかった」

「どうして？」

「ものすごくえらそうだったから。もっとも、お金持ちのお客さんには愛想を振りまいていたけどね」

アガサは肩をすくめた。「美容師がどういう人間かなんて、あまり関係ないんじゃない？」

「あたしには関係あるの。だって、好きになれない人には髪をいじってもらいたくないから」

会議の開始が宣言された。アンクームでまたコンサートをすることが決まった。アガサの心は沈んだ。婦人会のコンサートときたら、それはもうひどいもので、悲鳴のような歌と下手くそな演奏が続く長い夜になるのだ。

ミセス・ダリがフェレットのような顔で目をぎらつかせながら口を開いた。ツイードのスカート、ブラウス、ツイードのジャケットを着ていたが、暑さをまったく感じていないようだ。「ミセス・レーズンはどうしてこれまで何ひとつ協力しようとしないの？」

「あなたこそ」アガサは言い返した。

「わたしには音楽の才能がないから」

ミセス・ダリは甲高い笑い声をあげた。「他の人だって同じよ。でも、だからといって、みんな出演を遠慮しないけど」

「そんな、失礼よ」ミセス・ブロクスビーがたしなめた。

歌手のシェールの物まねをしたことのあるミス・シムズは吐き捨てるように言った。

「嫉妬深い女」

「わたしは心が広いから、あなたたちが物笑いになるのを見て見ぬふりしてあげているのよ」ミセス・ダリは言い返した。

沈黙が広がった。そこでアガサは言った。「お茶はわたしが担当するわ」

「それがいいわね」ミス・シムズが賛成した。

ミセス・ダリは立ち上がった。「わたしにご用がないなら、そろそろ失礼するわ」

彼女は憤然として庭から出ていった。

アガサは唇を噛んだ。この暑さの中で女性たちにお茶をふるまう役目など、引き受けなければよかった。

美容院に行ったおかげで忘れていた憂鬱が、またもや黒雲のように彼女を包みこんだ。これがあなたの人生なのよ、アガサ・レーズン。コッツウォルズの村に閉じこめられ、刺激から切り離され、冒険とも無縁で、退屈な女性たちのためにお茶を淹れる。会が終わると、とぼとぼと家路についた。そよとも風が吹かないように感じられる。家じゅうのすべての窓を開けた。鳴らない電話を見つめる。出かけているあいだに電話があったかしら？　留守番電話サービスに電話してみた。「一件のメッセージがあります」コンピューターが慎重に発音する声が流れた。「お聞きになりますか？」

「もちろん聞くわよ、馬鹿な女ね」アガサは低い声で毒づいた。

沈黙があってから、声はまたきびきびと言った。「聞こえませんでした。メッセージをお聞きになりますか？」

「イエス」

カチッと音がして、サー・チャールズ・フレイスのメリハリのきいた声が聞こえてきた。「やあ、アギー。明日、ディナーでもどうかな？」

憂鬱が吹き飛んだ。チャールズとはキプロスにいたときに一夜をともにしたことがあった。もっとも、彼にとってはたいして意味もない一夜のセックスだとわかったので、それっきり距離を置いていた。でも男性とディナーに行き、新しいヘアスタイルを見せびらかせると思うと、かなり心がときめいた。

アガサはチャールズに電話をかけて、留守番電話に明日の夜八時に迎えに来てほしいというメッセージを残した。

憂鬱が晴れたので、お風呂に入ってからベッドにもぐりこんだ。髪はピンでまとめたままにしたが、熱くなっている枕に頭をつけると、ピンが頭皮に突き刺さった。とうとう起き上がってすべてのピンを引き抜き、またベッドに戻ったが、むっとする暑さのせいでひと晩じゅう寝返りを打っていた。雷がゴロゴロ鳴り、午前二時頃に雨が降りだしたが、空気はすがすがしくならなかった。

朝起きてみると髪は暑さで湿り、寝返りのせいでぼさぼさになり、ひどい有様だった。

サロンが開くとすぐに〈ミスター・ジョン〉の受付係に電話して、今日予約を入れられるかどうかたずねた。「ミスター・ジョンは予約がいっぱいです」

「彼を電話口に出して」

「なんですって?」

「彼と話をさせてと言ったのよ……すぐに!」

「ああ、わかりました」

「アガサ!」ミスター・ジョンが旧友のように呼びかけてきた。

「ディナーデートがあるのに髪がくしゃくしゃなの。どうにか予約を入れてもらえないかしら?」

「ぜひ手をお貸ししましょう。ちょっと待ってください。予約帳をとって、ジョシー」

がさごそページを繰る音がしてから、また彼が電話口に戻ってきた。「きのう髪を洗っているので、ただカーラーを巻いてアップにするだけでいいですね。ただし五時にしてもらわなければなりません」

アガサはすばやく計算した。髪をセットしてもらってから家に帰り、チャールズのために着替えをする時間ならたっぷりある。「ありがたいわ。五時にうかがいます」

それから寝室に行ってクロゼットの扉を開けた。何を着ていこう? キプロス以来一度も着ていない、ぴったりした黒いドレス。チャールズはそれを気に入っていたっけ。試着してみた。ぶかぶかだ。ダイエットや運動でもできなかったことを憂鬱がこれほど見事にやってのけるとは、驚くべきことだ。体重が減っている。

ミルセスターまで行き、何か新しい服を見繕うことにした。

車のハンドルは手をやけどしそうなほど熱くなっていた。村を出てフォス街道をスピードを出して走りだした頃に、ようやくエアコンがきいてきた。

ミルセスターは酷暑の下でかげろうのように揺らめいていた。今日は簡単に駐車スペースを見つけられた。多くの人が家にこもっていることに決めたらしい。サングラスをかけ、目を細くして空を見上げた。雲ひとつない。中央広場からハリス・ストリートに入っていった。そのあたりには高級ブティックが立ち並んでいた。

次から次へと暑い店内に入っては出てきて、とうとうこれ以上試着するのは無理だと感じた。古いドレスで手を打つことにしよう。少しゆるいかもしれないが、二人が行くレストランにはエアコンがついていないだろうから、その方が涼しくていいかもしれない。

買い物をあきらめて、ハリス・ストリートから延びる路地沿いにある修道院の方に目をやると、週に一度の市場がにぎわいを見せていた。サラダ用に新鮮な野菜を仕入れていこう。市場に入り野菜の屋台の方に歩きだしたとき、鮮やかな色合いの服を山積みにした屋台に気づいた。そのひとつで、一着のドレスが目を引いた。白い蓮の花が描かれた深紅のコットンドレスだった。涼しそうなふわっとしたデザインだ。布地に触ってみた。インド人の商店主がすばやく近づいてきた。「いいドレスだよ」

アガサは躊躇(ちゅうちょ)してからたずねた。「おいくら?」

「十四ポンド」

またもや躊躇した。安すぎる。しわくちゃになるか、着たとたんに裂けるかもしれない。二百ポンドぐらいは払うつもりでいたのだ。「じゃ、こうしよう」店主はしぶしぶ言った。「十二ポンドに負けておくよ」

「じゃ、いただくわ」

彼は古いビニール袋にドレスを入れてくれた。

「暑いわね？」アガサはお金を渡した。

「おれがこの暑さに慣れているとは思わんでくれよ」うんざりしたようにぼやいた。

「バーミンガム生まれなんだから」

アガサは思わず「わたしもよ」と言いそうになってこらえた。自分の生い立ちを恥じていたからだ。

家に帰るとすぐにドレスを試着してみた。とてもすてきで、太いゴールドのネックレスを合わせると、高級そうに見えた。

さて、お次はミスター・ジョンだわ。

イヴシャムはミルセスターよりもさらに暑く感じられた。自分で洗ってセットできる以前のヘアスタイルにすればよかったと、急に後悔の念がわきあがった。

しかしミスター・ジョンは相変わらず涼しそうでハンサムだった。

「デートなんですか？」彼はたずねた。

「ええ」

「特別な人ですか？」

アガサはつい自慢してしまった。

「実を言うと、准男爵なの」

「それはすばらしい。どちらの准男爵ですか？」

「サー・チャールズ・フレイスよ」

「へえ、どうやって知り合ったんですか？」

アガサは「ある事件で」と答えそうになったが、称号を持っている知り合いがいるとは意外だと言わんばかりの口ぶりが気に入らなかったので、陽気にこう言った。

「もともと知り合いの一人なの」

そして、これでもう質問はされませんように、と祈った。

「残念」彼は言った。

「何が残念なの？」

「ずうずうしいと思われるかもしれないが、ぼくもあなたをディナーに誘おうと思っていたんです」

「どうして？」驚いてアガサはたずねた。

「とても魅力的な女性だから」

しかも金持ちの女性だから、とアガサは皮肉っぽく心の中で思った。しかしミスター・ジョンはとてもハンサムで魅惑的な青い瞳とブロンドの髪の持ち主だ。ジェームズが戻ってきて二人いっしょのところを見たら、嫉妬するだろう。かすれた声でこうささやく気になるかもしれない。「ずっと愛していたよ、アガサ」

「あ、すみません」ミスター・ジョンがアガサの髪の後ろにピンを突き刺したので、バラ色の夢想は石けんの泡のようにはじけた。

「いずれまた」アガサは慎重に答えた。「考えさせて」

しかし、ミスター・ジョンの誘いは心に温かな光を灯してくれたし、髪を優雅なスタイルにセットしてくれた彼はまさに魔術師だった。

駐車禁止の黄色いラインに停めておいた車まで戻っていった。

「あの車、あんなところに停めちゃって！」耳元で一人の女性が押し殺した声で毒づいた。

アガサはさっと振り向いた。「わたしは交通を妨害してもいないし、誰かの邪魔にもなっていないわ」彼女は冷静に言った。「それにイヴシャムのおかしな駐車場の配置や馬鹿げた一方通行のシステムにも責任はありませんから。でも、こんな日にあなたみたいな人が外に出てきて運転者に文句をつけているのはおかしいわ。おうちに帰ってお茶を飲んで、くつろいでちょうだい。もっと人生を楽しんだらどう?」

とたんに耳元でまくしたてられはじめた侮辱は無視して、車に乗り込むと走り去った。

チャールズは八時きっかりにやって来て、アガサの頬に慎み深いキスをした。

「そのヘアスタイルいいね、アギー。それにそのドレスも。実を言うと、今日の午後、ミルセスターの市場で伯母にそれとそっくりのドレスを買ったんだ。涼しい服がないと文句を言っていたからね」

「わたしはハロッズで買ったのよ」アガサは嘘をついた。「市場のドレスは安いコピーにちがいないわね」しかし、自分の装いに対する満足感は色あせてしまった。「どこで食事をするの?」

「〈リトル・シェフ〉に行こうかと思っていたんだ」〈リトル・シェフ〉はチェーンレストランで、安定した味だが、華やかさはほとんどなかった。

「〈リトル・シェフ〉なんて行きたくないわ。あなたって、締まり屋ね、チャールズ」

「あそこの料理が好きなんだよ」チャールズは弁解した。「いつもとちがう雰囲気がいいかと思って。じゃあ、ウィスキーを一杯くれ。何か考えてみるから」

アガサがウィスキーを注ぐと、チャールズは小さな手入れの行き届いた手にグラスを持って椅子にすわりこんだ。チャールズはほっそりした金髪の男性だった。正確な年は知らなかった。穏やかな繊細な顔立ちで、最初はまだ三十代後半だろうと推測していた。しかし、あとから、おそらく四十代半ばにちがいないと思い直した。上のボタンをいくつかはずしてシャツを着て、ジャケットは椅子にかけている。

「そうだ。アンクームの〈陽気なロジャー〉っていう新しいパブがいい」

「そこには行ったことがないけど、名前が気に入らないわ」

「このあいだ友人が行って、料理がおいしかったと言ってたし、庭園にテーブルを出しているんだ。ところで、ミルセスターの刑事の友だちを見かけたよ。何て名前だっけ？　中国系の青年だ」

「ビル・ウォンよ。だけど休暇で出かけているはずよ！」

「自宅で休暇を過ごしているんじゃないかな。女の子と腕を組んで歩いていたから」

だから電話をくれなかったのね、とアガサは苦々しく思った。ビルは彼女にとって初めての友人だった。昔のもっと強引だったアガサは野心に突き動かされてキャリア街道を猛進していたので、友人を作る時間がなかったのだ。おなじみの黒々した憂鬱の雲が、またも心の地平線上に現れるのが感じられた。

二人はアンクームに出発して、〈陽気なロジャー〉の外に車を停めた。以前は〈グリーン・マン〉という店だったところだ。中に入ると、何もかもがまずそうな料理を予感させた――漁網、海賊の壁画、ストライプのシャツとプラスチック製の「銀色」のバックルがついた膝丈ズボンという格好のウェイターとバーテンダー。チャールズは先に立って庭園に出ていった。少なくともそこは室内よりもいくぶん涼しかった。ヘンリーと名乗った悪党っぽいウェイターが、二枚の大きくてけばけばしい色のメニューを渡してくれた。

「うわ、いやだ」アガサはぶつくさ言った。「ちょっと聞いて。フック船長のおいしいポテトディップ。それに熱々のロング・ジョンのコーンフリッターを添えたバーバリ海岸のチキン。これって、何なの?」

ウェイターのヘンリーはそばでぐずぐずしていた。

アガサは不愉快そうに彼をにらみつけた。「とっとと向こうに行ってよ。そこに立って、にやにや笑いを浮かべるのはやめてちょうだい。決めたら呼ぶわ」

「わかりました。でも、にやにや笑いなんて浮かべてませんよ」ヘンリーは頭を振った。

「いいから向こうに行って」

「彼の気持ちを傷つけたよ、アギー」チャールズが穏やかに諭した。

「かまうものですか」アガサはつぶやいた。なによ、ビルったら電話をくれようともしなかった。「あなたは何にするの？」

「終日の朝食にするよ。デッドアイ・ディック・スペシャル。たっぷりフライドポテトがついているといいな」

「前菜はなし？　じゃあ、いいわ、わたしはハムサラダにする」

「ハムサラダなんて簡単な説明のはずがないけど」

「南洋のロースト豚をスライスしてパリッとしたサラダの上にのせ、硬いクルトンをかけた品、って書いてあるわよ」

「なるほど。ワインは？」

「いただくわ」

チャールズはウェイターに合図し、食事とカラフェ入りのハウスワインを注文した。

「わたしのためにビンテージワインを注文してくれないの？」

「こういう場所でそんなことするつもりはないよ」

「じゃあ、どうしてこういう場所に連れてきたの？」

「いやはや今夜は不機嫌だね、アガサ。ジェームズがまだ帰ってきていないのかい？」

「ええ、どこかに行ってるわ」

「しかも、さよならも言わずに？　ああ、あなたの顔を見ればわかるよ」

「男ってまったく子どもなのよ」

「あなたたち女性ときたら、いつもその言葉をわれわれに投げつける」

「あら、真実よ」

「男らしくあるためには必要な部分なんだ。そのおかげでより大きな夢を見て、それを温めていることができるからね。偉大な発明家は全員が男性なのを不思議だと思ったことはないかい？」

「女性にはそのチャンスが与えられなかったせいよ」

「はずれ。女性は実際的なせいだ。女性は子どもを育てなくてはならない。わたしの言いたいことをある話で説明してみよう」チャールズは両手に顎を乗せて、考えこみながらアガサを見た。

「ある男がケンブリッジ大学に行く。そこの女の子たちに彼は恐れをなす。どっちみち女の子たちはたくましいスポーツマンタイプにしか興味がなく、彼は学究肌だった。

そこで、彼は浮ついたバーの女の子と恋に落ち、彼女を妊娠させ、結婚する。彼は物理学のクラスではいちばんの成績だったが、新しい家族を養わなくてはならない。そこで保険会社の仕事につき、家のローンと車の支払いに追われ、妻はふたごを産む。数年がたち、彼は毎週末を庭の物置で過ごすようになる。妻はさかんに文句を言うようになる。『あなたと全然会えないじゃないの。シャロンとトレイシーはお父さんを恋しがっているわ。いったい何をしているの？』ついに彼は妻に告白する。タイムマシンを作っているのだと。すると、大変な騒ぎになる。それで請求書が払えるの？と妻は怒る。お隣は大型冷凍庫を買ったのよ。うちはいつ買うの？　そこで彼は物置に閉じこもり、ハンマーをふるい、妻は外でわめき続ける。

　さて、彼はタイムマシンを完成させ、億万長者になり、彼を本当に理解し応援してくれたオフィスのとるに足らない女と駆け落ちする。もちろん、彼女は彼の言っていることをひとことも理解できなかったが、既婚者と関係を持つという刺激が好きだったのだ。彼は妻と離婚して、オフィスの女と結婚し、女は贅沢三昧になりヨーロッパの有閑階級に仲間入りする。やがて女はレーシングドライバーと駆け落ちして、その後全員が不幸せに暮らした。この話から学ぶ教訓は男と女はちがうので、ちがいを受け入れなくてはならないってことだよ」

アガサは笑いだした。「タイムマシンで逃げられなかったの?」

「もちろん無理だ。彼は大金をかけてタイムマシンを壊したんだ。人々に時代から時代へ勝手に移動させて、歴史をめちゃくちゃにさせるわけにはいかないからね」

「あなたはくだらない男性優越主義者なのか、たんに冗談好きなのかわからなくなったわ」

「冗談好きなんかじゃないよ。この額の皺(しわ)を見てくれ、アギー。深い思考の表れだ。ところであなたの方は? おいしくて楽しい殺人事件は起きていないのかい?」

「まるっきり。もはや引退した探偵よ」

「キプロスの経験だけで、もう一生分の死と暴力を味わったと思ったけどね」

キプロス。チャールズと一夜を過ごし、ジェームズがそのことを知って、また状況が逆戻りしたのだった。ジェームズとの関係がそれまでずっと盤石だったと認めるつもりはないけれど。

チャールズはアガサの目に影がよぎるのを見て、やさしく慰めた。

「どうせうまくいかなかったよ、わかるだろう。ジェームズは二十パーセントだけの人間だからね」

「意味がわからないわ」

「こういうことだ。あなたは八十五パーセントの人間だ。ジェームズはたった二十パーセントしか与えられない。それは『したくない』というのではなく、『できない』んだ。多くの男が似たようなものだが、女性は決して理解しようとしない。女性は与え続ける。そして、二十パーセントの男とベッドに入ったら、最後の十五パーセントまで与え、目覚めたら奇跡的に百パーセントの男の隣にいるかもしれないと考える。まちがいだ。そもそも彼の隣で目覚めることができたら奇跡だよ。たぶん枕にメモが残されているだろう。『犬にえさをやりに家に帰る』とかなんとか」

アガサはジェームズといっしょに過ごした夜と朝を思い返した。彼はいつも先に起きていて、決して夕べのことについて口にすることはなく、抱きしめたりキスしたりもしなかった。

「もしかしたら、わたしがジェームズにふさわしくない女なのかも」アガサはしぶしぶ認めた。

「信じてくれ、いとしい人。どんな女性もジェームズにはふさわしくないんだ」

「二十パーセントでも幸せになれるかもしれないわ」

「嘘つきだな。ほら、料理が来た」

意外にもハムはおいしく、サラダは新鮮でパリッとしていた。

「じゃあ、もう探偵ごっこはしないのかい?」チャールズはフライドポテトにケチャップをかけながらたずねた。

「人生を明るくするために死体を探し回るわけにはいかないもの」

「PRの仕事は?」

「しないわ。アンクームの女性たちにお茶とケーキを出すことに、もっぱら力を注ぐつもり」

「あなたなら何かしら引き起こすよ、アギー。有望そうな新しい男性は?」

「とてもゴージャスな男性が一人いるわ」

「誰?」

「美容師よ」

「へえ、その新しいエレガントなヘアスタイルを仕掛けたやつだな」

「そうよ」

「美容師って飽きっぽいからなあ。思いだすよ……いや、やめとこう」

「あなたこそ、女性関係の方はどうなの、チャールズ?」

「今のところ何もないな」

キプロスでの冒険の思い出を語り合いながら食事をしたあと、彼が家まで送ってくれた。

「今夜泊まっていってもいいかな？」チャールズはアガサの戸口に立つとたずねた。

「だめよ、チャールズ。わたしはお手軽なセックスをするつもりはないの」

「誰がお手軽って言った？」

「チャールズ、わたしがひとときのお楽しみの相手でしかないってことを、あなた、キプロスで示してくれたじゃないの。あなたこそ自分が二十パーセントの人間だって感じたことはない？」

「まいったね！　でも、こう考えてみて、アギー。二十パーセントの人間の周囲をうろついている八十五パーセントの人間も、深く関わるのを恐れているんだよ」

チャールズは手を振って彼の車に歩いていった。

アガサはしらけた気分で家の中に入った。留守番電話のメッセージはなし。それにしてもビル・ウォンはどうして電話をくれないのかしら？

こちらから彼に電話をかければいいのだが、初めての友人の愛情を失ったという事実を突きつけられるのが怖かった。

人生は続いていく。前へ進んでいくしかない。もしかしたらミスター・ジョンの招待を受けてもいいかもしれないわ。

2

暑さはますます厳しくなった。ウスターシャーのパーショアでは三十七度を記録したらしい。暑さでイライラしたドライバーの事故が頻発し、道路のタールが溶け、アガサ・レーズンは昔のもっと短いヘアスタイルが恋しくなった。

短くカットしてくれと頼めないのは、自尊心が低いと思われるのではないかと心配だったからだ。そういう結論に達すると、なんだか馬鹿らしくなって、再び〈ミスター・ジョン〉に予約を入れた。またイヴシャムに行くと、女性たちはレギンスからショートパンツに着替えていた。ところどころ日焼けで赤くなった白い脚が日差しに輝いている。

いつものように美容師は忙しそうだった。〈ミスター・ジョン〉には男性アシスタント二名、女性アシスタント一名、見習いが二人いた。アガサはトイレを借りた。トイレの裏手の窓は開いていて、小さな雑草だらけの中庭に面していた。

そのとき、せっぱつまったようにささやく女性の声が聞こえてきた。「これ以上続けていけないわ。もう自由にしてちょうだい」

低く答える男性の声。

「あんたを殺してやる！」ふいに荒々しく女性が叫んだ。

アガサは窓から頭を突きだしたが、声がどこから聞こえてくるのかわからなかった。

店内に戻り髪を洗ってもらうと、髪をカットしたいとミスター・ジョンに告げることにした。だが、もしかしたら反対され説得されるかも、と不安のあまり、つい怒鳴るような言い方をしてしまった。ミスター・ジョンに「叫ぶ必要なんてありませんよ、アガサ」と穏やかにたしなめられ、アガサは顔が赤くなり、穴があったら入りたい気持ちになった。

ミスター・ジョンはきびきびとカットにとりかかった。アガサは混雑したサロンを見回した。店内はパリの売春宿みたいな装飾だった。金めっき枠の鏡、スペースを分けているボンボンのついたカーテン、ロートレックのポスター。ミスター・ジョンはアメリカ人歯科医のような白衣を着ていた。アシスタントたちはピンクのスモック姿だ。

「トイレに入っていたときに妙な声を聞いたの」アガサは切りだした。

「なんだか卑猥(ひわい)なジョークの始まりみたいですね」

「いえ、ちがうの。女性がこう言っているのが聞こえたのよ。『これ以上続けていけないわ。もう自由にしてちょうだい』すると男性が何か答えた。すると彼女はこう叫んだの。『あんたを殺してやる!』」

「たぶん隣で店を経営している夫婦ですよ」ミスター・ジョンは言った。「しょっちゅうけんかしていますから。店の裏側がうちの裏庭に接しているので、声が伝わってくるんですよ」

「あらそう」好奇心をそそられるような謎がたんなる夫婦げんかだとわかって、ちょっぴりがっかりした。「あなたは結婚しているの?」

「以前は」ミスター・ジョンは言った。信じられないほど青い目がいたずらっぽく輝いた。「長続きしませんでした。今はフリーなので美しい女性のお相手を楽しんでいます。美しい女性と言えば、いつディナーにつきあってくださるんですか?」

「今夜なら」さすがに今夜では予定が入っているにちがいないと思って、アガサは言ってみた。

「今夜でけっこうです。住所を教えてくだされば、八時にお迎えに上がりますよ」

彼はハサミを置いて、メモ用紙に手を伸ばした。アガサが住所を伝えると、それを書き留めた。アガサはティーンエイジャーのように不安になってきた。彼はセックスを期待しているのだろうか？　ちらっと腕時計をのぞいた。サロンが閉まる前に家に帰れるだろう。すぐに電話をして、何か用事ができたと断ればいい。しかし髪の毛がブローされてシンプルなボブに整えられると、この魔術師に感謝の念がこみあげてきた。

家に帰ると、コテージの静寂や孤独がひしひしと身にしみ、湿っぽい熱気に包まれて息ができなくなった。そこで、ハンサムな男性とのディナーのチャンスを捨てるなんて馬鹿げてるわ、と思い直した。

天候が変わり暑い夏が毎年のことになったら、エアコンをつけることを考えねばならないだろう。エアコンを設置するコストは二千ポンドだと何かで読んだことがある。ポータブル型なら二百ポンドらしい。アメリカに行ったとき、ふつうの家の窓からエアコンが突きだしているのに気づいた。平均的なアメリカ人家庭の収入では、エアコンに三千ドルどころかポータブル型の三百ドルですら支払えないはずなのに。

猫はキッチンの床に長く伸びていた。暑さで眠くなったようだ。アガサは二匹の隣の床にすわりこむと、暖かい毛をなでてやった。ジェームズ・レイシーはどこにいるの、また戻ってくるつもりなの？

ジェームズに対する想いで胸が一杯になって、思わず小さなうめき声がもれた。またもや憂鬱で押しつぶされそうになった。

そうやって惨めな気持ちですわっていたが、ふと時計を見て、約束の時間までに支度するなら急がなくてはと気づいた。


ミスター・ジョンはブロックリー村のフレンチレストランに連れていってくれた。カースリーからはほんの数キロの場所だった。

「あなたみたいにすごい美容師が、よりによってイヴシャムに腰をすえた理由がいまだにどうしてもわからないの。ロンドンの指折りの美容師たちとも、充分に張り合える腕があると思うけど」

「イヴシャムのどこがいけないんですか？」彼はからかった。「イヴシャムは民主主義の発祥地ですよ」

「どうして？」

「ほら、シモン・ド・モンフォールです」

アガサはポカンとなった。

「シモン・ド・モンフォールの名を聞いたことがないなんて言わないでくださいよ。

レチェスター伯爵です」

「聞いたことがないわ」歴史的事実だろうとなかろうと、人が無知を指摘されたときに感じるいらだちをアガサも覚えていた。

「ジョン王とマグナ・カルタはご存じですよね？」

「ええ、学校で習ったわ」

「それは王の権力を弱めようとするものだったんです。うまくいかなかったが。ジョンも息子のヘンリー三世も、しょっちゅう憲章にそむき、貴族が怒って文句を言うときだけそれを守ったんです。そこで、王に約束を守らせるために、もっといい方法を見つける必要がでてきた。一二五八年、ヘンリー王はオックスフォード条項に同意したので、王の行動を監視するために貴族による委員会が設立されたんです。

それでも、ジョン王がマグナ・カルタを無視したように、ヘンリー王もオックスフォード条項にほとんど注意を払わなかった。そこでシモンは他の貴族といっしょに一二六四年、市民戦争を起こした。王の軍隊はサセックス州のルイスで敗れ、ヘンリー王は息子のエドワードともども囚人になった。

シモンは貴族だけではなく、それぞれの州の主教や修道院長、それにいくつもの町の代表を招集して、緊急の議会を開いた。彼はそれを永続的な制度にしようとしたんです」

ミスター・ジョンは言葉を切ってシーバスをひと口食べた。

「それからどうなったの？」アガサはたずねた。その話のおかげで、ジェームズ・レイシーのことをすっかり忘れていた。

「やがてシモンの支援者たちが分裂しはじめた。ウェールズとの国境に近い辺境地の領主たちは彼に刃向かい、グロスターの強力な若き伯爵、ギルバート・ド・クレアもそれに加わった。シモンは兵を率いてセヴァーンに向かい、王とエドワード王子を人質にしたが、王子はヘレフォードで逃げだし、王党派を育成した。

シモンが町に入ろうとしたので、両方の軍隊がイヴシャムでぶつかった。シモンの軍隊は惨殺された。シモンは打ち首にされ、頭は未亡人に送られた。両腕両足、ええと、それに陰部も切り離された。残ったのは胴体だけで、それはイヴシャム大修道院に葬られたんです」

「おもしろいわね。彼のお墓は教会にあるの？」

「記念碑はありますが、それだけです。残りの部分はどうなったかわかりません。やがて人々は彼のお墓に巡礼をするようになり、『善良なシモン伯爵』に敬意を表するようになった。噂だと、遺体は掘り起こされて焼かれ、灰はそうした危険な民主主義崇拝を防ぐためにまかれたそうです。イヴシャムの博物館の学芸員は、それはヘンリー八世のしわざではないかと考えています。というのも、ヘンリー八世の修道院の解散の時期に、イヴシャム大修道院の遺物の多くが破壊されたからです。退屈させてませんか？」

「いいえ。そういう歴史があったなんてまったく知らなかったわ。イヴシャムをもっとよく見た方がいいわね」

「じゃあ、あなたご自身と恋愛について話してください」

二人でワインをボトル一本空け、彼はさらにもう一本注文した。少し酔っ払ったアガサは気がつくとジェームズについて、そしてチャールズとの短い火遊びについて、洗いざらいしゃべっていた。もっとも、ジェームズがチャールズとの一夜を知ってしまったことについては黙っていた。

「で、ジェームズは今どこにいるんですか？」

「知らないわ」アガサは悲しげに言った。「海外のどこかよ」

「あなたは魅力的な女性ですね」ミスター・ジョンはテーブル越しに手を伸ばし、彼女の手を自分の手で包みこんだ。

アガサは笑いながら手をほどいた。「女性に自分が魅力的だと思わせるのがお上手ね」

「あなたのことをもっと教えてください」

アガサはおもにPRの仕事をしていたときのことをしゃべった。でも、ビル・ウォンが電話をしてこないことに傷ついていたので、探偵としての能力やビルの名前については口にしなかった。

そうやってしゃべりながら、彼は今夜はどこで過ごすつもりだろう、家にあげるべきだろうかと考えていた。食事が終わる頃にはすっかり酔っ払っていたので、家に送ってもらったら招待するつもりでいた。

レストランはクラウン・インに併設されていたが、店を出ようとしたときに隣のバーからミセス・フレンドリーが出てくるのが見えた。「ミセス・フレンドリー」アガサは声をかけた。

ミセス・フレンドリーは棒立ちになった。ミスター・ジョンを見て恐怖で目を大きく見開き、蒼白になっている。意味不明の声をもらすと、回れ右をして早足でバーに戻ると人をかきわけて進んでいき、あっという間に姿を消した。

外に出てからアガサは言った。「あなたを怖がっていたみたい」

「誰が？」

「ミセス・フレンドリーよ」

「何者なんですか？　スティーブンソンの幸せ家族みたいですね。ミス・バンはパン屋の娘、ミセス・フレンドリーは――」

「いえ、そうじゃないの。彼女は本当に怯えていたわ。お店を出るときに会った女性よ」

「ぼくの知り合いは一人もいなかったけど。レストランは混んでいたから、たぶんぼくたちの後ろにいた人を見たんですよ、アガサ」

酔ってはいたが、小さな警報ベルがアガサの頭の中で鳴りはじめた。自分のことをさんざんしゃべってしまったが、この美容師についてはイヴシャムの歴史に精通していること以外、ほとんど何も知らないのだ。

「運転できる？」アガサはたずねた。「かなり飲んだわよ」

「頭ははっきりしていますよ。ご心配なく」

「そこまで言うなら。警察の人はたくさん知っているけど、つかまったら見逃してもらえないわよ」

しかしミスター・ジョンはさっさと車に歩いて行き、アガサの注意に耳を貸そうとしなかった。

コテージに着いて車を降りると、アガサはミスター・ジョンに毅然とした口調で言った。「すてきな夜をどうもありがとう」

「家にあげてもらえないんですか？」

「今夜はだめ。お酒を飲み過ぎたから。次のディナーはわたしがごちそうするわ」

「約束を守ってくださいね」彼はかがんで彼女にキスをしようとした。ミセス・フレンドリーの怯えた顔が目に浮かび、アガサは顔をそむけて彼の唇が頬に着地するようにした。「おやすみなさい」早口に言うと、車の横に立って見送っている彼を残し、さっさと家に入っていった。


翌日、アガサは家と庭をうろうろ歩き回っていた。夜のあいだに雨が降っていたが、夜が明けるとまたもやむっとする暑さが待っていた。新聞には、記録にある限りイギリスでもっとも暑い夏だ、と書かれている。蚊の大群が発生し、コッツウォルズの蜘蛛がそこらじゅうを這い回っているように思えた。アガサは蜘蛛を殺すのがいやだったので、キッチンペーパーですくいあげては庭に放りだした。一匹など、キッチンの天井からアガサの目の前にぶらさがった。にらみつけると、あわてて上に戻っていったが、まるで人間みたいに両手で糸をよじ登っているように見えた。

アガサはブラもつけずに、何年も前に買った洗いざらしのコットンのカフタンを着ていた。キッチンの床にはイヴシャムで買った扇風機が箱に入ったまま置いてある。彼女はため息をついた。箱を開いて扇風機をとりだした。組み立て式だった。最近は完成品が送られてこないの？　説明書を念入りに読んだが、扇風機につけるある部品のねじをゆるめることができなかった。いまいましいしろものを蹴飛ばそうとしたとき、ドアベルが鳴った。

玄関ドアを開けるとき、いつになったらジェームズ・レイシーが戸口に立っていることを期待しなくなるのだろう？

だが、そこに立っていたのはチャールズで、涼しそうで床屋に行ったばかりのようにこざっぱりしていた。

「どうぞ」失望のあまりそっけない口調になった。「どういう風の吹き回し？」

「退屈したんだ」アガサのあとからキッチンに入ってきた。

「ちょうど役に立ってもらえるわ。この扇風機が組み立てられないの」

「コーヒーを淹れてくれたら組み立ててあげるよ」

チャールズはさっそく大きな扇風機に取り組んだ。「十字形になったスクリュードライバーを持ってないかい、アギー？」

「キッチンテーブルの上の箱に入ってるわ。コーヒーには何を入れる?」

「いつもどおりで。ミルクだけで砂糖なし。わたしに愛情があるなら、覚えてほしいな」

「どうぞコーヒーよ、チャールズ。二階に行って着替えてくるわ」

アガサは二階に行き手早くシャワーを浴びると、タオルでふき、ショートパンツとコットンのトップスに着替えた。

キッチンに戻ってみると、扇風機がくるくる回っていた。

「まあ器用なのね、チャールズ。ほっとしたわ! あの大きなねじをどうやってはずしたの?」

「時計回りに回すとはずれるんだ」

「どうしてそんなことを知ってるの?」アガサはキッチンのテーブルについた。「ねえ、わたし、謎に出会ったかもしれないの、チャールズ」

「どんな血まみれの死体につまずいたんだい?」

「死体じゃないわ」アガサは美容院のトイレに入っていたときに聞こえた女性の会話について話した。「それからミスター・ジョンとディナーに出かけたら、帰りがけにミセス・フレンドリーとばったり会った。彼女はミスター・ジョンを怖がっているみたいだったの」

「その女性は何者なんだい？」

「カースリー村の新入り。去年の冬にやって来たの。教会墓地の向かいにある小さなコテージの一軒に住んでいるわ。ミスター・ジョンはわたしたちの後ろにいた誰かを見たんだろう、って言ったけど、絶対に彼女が恐れていたのは彼よ」

「ミスター・フレンドリーは存在するのかい？」

「ええ、建設業者よ」

「その美容師は彼女とセックスしたか、あるいは恐喝しているのかもしれない」

アガサは目を輝かせた。「恐喝だと思うわ。女性たちは美容師に洗いざらいしゃべるから！　あなたに聞かせてあげたいほどよ」

「ミセス・フレンドリーに会いに行こう」

アガサは困ったようにすわり直した。「どうやって？　今？」

「いいじゃないか。回りくどい真似はしないで、単刀直入にどうして怖がっていたのか訊こう」

「まえもって電話するべきなんじゃない？」

「驚かせてやろうよ」

「わかったわ」アガサはしぶしぶ承知した。「猫たちを庭に出してから戸締まりをしてくるわ」

ミセス・フレンドリーのコテージは小さくてこぎれいな二階建てで、表側に庭はなかった。

アガサたちはベルを鳴らした。ドアを開けたのはとても毛深い男だった。タンクトップとショートパンツ姿で、白髪交じりの毛が全身を覆っている。目に髪がかかり、鼻からも毛が飛びだしていた。目は意外なほど弱々しくて色が薄く、髭だらけの顔の中で二人を見つめた。六十近いにちがいないわ、とアガサは思った。彼は愛想のかけらもなかった。

アガサは自分とチャールズの名前を伝えてから、ミセス・フレンドリーに会いに来たと伝えた。

「なぜ?」その声は細く甲高かった。

「婦人会の件で」

「入ってくれ」しぶしぶ言った。

小さなコテージは暗くて息がつまりそうだった。窓に鉛枠がついていて、外からだと一風変わっていてきれいだったが、ほとんど室内には光が入らなかった。ミスター・フレンドリーは二人を暑くて暗いリビングに通すと言った。

「リザを呼んでくる」

「ご主人が退職していたとは知らなかったわ」アガサはささやいた。奥の方で声をひそめたやりとりが交わされていたが、やがてミスター・フレンドリーの怒った声がはっきりと聞きとれた。「さっさと二人を追いだせ」

「あら、まあ」アガサはつぶやいた。

リザ・フレンドリーが部屋に入ってきた。彼女は感じのいい丸顔をしていて、中年にしてはきれいだった。

「コンサートのことかしら？」彼女はたずねた。

「実はちがうの。ゆうべミスター・ジョンとブロックリーのレストランにいたときに、あなたと会ったでしょ。怯えていたように見えたけど」

一瞬リザはゆうべと同じぐらい怯えた表情を浮かべた。だが、明るくこう答えた。

「あら、いつもとちがって見えたみたいね。暑さのせいよ。気を失いそうになって、お店から出ようとしていたの。他には何か？」

「いえ、ないわ」

リザはドアの方に進んでいった。「それならお引き留めしないわ」

帰るしかなかった。「友人を紹介していなかったわね」アガサは言った。「サー・チャールズ・フレイスよ」

しかしリザはあいさつもせずに玄関ドアまで行くと、ドアを開けて支えた。

「さよなら。訪ねてきてくださってありがとう」彼女はよそよそしく言った。

「うーん、大失敗だったな」チャールズが言った。「あなたの家に戻って相談しよう」


二人はアガサのコテージのキッチンに腰をすえた。アガサは扇風機をつけ、コーヒーをふたつのカップに注いだ。

「さてと」チャールズが口火を切った。「彼が恐喝者だとしたら、それを確かめる方法がひとつだけある」

「どんな?」

「ぞっとするような秘密を考えるんだ、アギー。彼をディナーに連れだして、彼の肩で泣く。そして、成り行きを見守ろう」

「それならできそうだわ」アガサはゆっくりと言った。「でも、わたしたちのたんなる想像かもしれない。もしかしたら彼女は毛深い夫を恐れていただけなのかも。あ、そうだ。婦人会の会合で、イヴシャムの〈ミスター・ジョン〉に行ったと言ったら、彼女はこんなふうに言ったのよ。『あそこの店には行きたくないわ』ミセス・フレンドリーのコテージを見張っていて、夫が出かけるかどうか確かめるべきじゃない？」

「わたしのやり方をまず試すべきだと思うよ」チャールズが主張した。「どこかにランチに行こう。それからぼくもイヴシャムのその美容院を見てくるよ。あなたはまた予約を入れればいい。その髪型すてきだよ」

「ありがとう。どこでランチをとる？」

「任せるよ」

「イヴシャムではランチをしたことがないけど、何かあるわよね」

二人はチャールズの車に乗りこむと、暑い田舎を抜けてA44号線に向かった。「フィッシュ・ヒルのてっぺんで道を降りて、ウィラーズリーを抜けた方がいいわよ」アガサがアドバイスした。

「どうして？」

「建設中の新しいブロードウェイのバイパスのせい。フィッシュ・ヒルの下に信号機があって、そこで永遠に身動きがとれなくなるわ」

「なるほど」

イヴシャムに入るとアガサの道案内に従って、チャールズはエイヴォン川沿いのパーキングビルの屋上に駐車した。車を置いて徒歩でブリッジ・ストリートに向かった。

「あそこがよさそうに見えるわ」アガサは〈ランタン〉という名前のレストランを指さした。

「おいしいフライドポテトを出してくれるといいんだけど」チャールズはアガサのためにドアを開けて支えた。「フライドポテトが大好物なんだ」

そこのフライドポテトは手作りで、冷凍食品ではないことが判明した。「ミスター・ジョンに何て言おうかしら？」アガサは相談した。

「急がないで。ディナーに連れだすまで待つんだ。ジェームズのことは話しただろうね」

アガサはうしろめたそうに顔を赤くした。

「ああ、思ったとおりだ。さてどうしたものか。そうだ、ジェームズが旅先から戻ってくるのに、あなたはわたしと浮気している、ってのはどうかな？」

アガサはテーブルに視線を落とした。

「うわ、おしゃべりだな。わたしのことも話したんだね。たしかにその美容師は秘密を聞きだす才能があるな」

「ジェームズにわたしたちのことを知られたとは話していないわ」アガサはつぶやいた。

「それを利用しよう。あなたはジェームズと結婚したい。彼は非常に嫉妬深い男だ。彼は愛していると手紙を書いてきた。あなたはわたしのことがばれるのではないかと恐れている。なぜなら、わたしも暴力的で嫉妬深いから」

「それならできそうね。ふだんはそれほどおしゃべりじゃないわ。たんに飲み過ぎたせいよ」

「ベッドに誘われたかい？」

「たしかに家にあげてもらうのは期待していたようだけど。でも、チャールズ、わたしはあなたのように倫理観が欠如した人間じゃないの」

「いい子だ」

二人は食事を終えるとブリッジ・ストリートに歩いていき、ハイ・ストリートに曲がった。

「あの美しい家を見てごらん」チャールズが道の向こうを指さした。

「あれは〈イヴシャム・ダイナー〉というチャイニーズレストランよ。とてもおいしいわ」

「おいしいかどうかはどうでもいい。この町の連中ときたら、あんなすばらしい建物を保存しないなんてとんでもない野蛮人だよ。あ、あそこに新聞販売店がある。ガイドブックを買ってくるよ」

アガサは嘆息した。太陽はじりじり照りつけ、湿度のせいでメイクが流れ落ちている。

チャールズは小型のガイドブックを手に現れた。「さあ着いた。ドレスデン・ハウス。一六九二年に——ほら、ウィリアムとメアリーの時代だというのは正しかった——ウスター出身の男、ロバート・クックスによって建築」

「どうしてドレスデンなの？」

「ああ、家の所有者がドクター・ウィリアム・ベーリスで、経済的に困窮してドレスデンで暮らすようになり、プロイセンのフリードリヒ大王の侍医になったんだ」

「歴史はどうでもいいわ。さあここが美容院よ。きゃ、しまった！」

「どうしたんだ？」

「忘れていた。今日は水曜よ。お昼で店が閉まるの。すっかり心づもりをしていたのに」

「行こう、アギー。どうにかなるよ。中に入っていって予約をとり、『ああ、ところでジェームズが家に帰ってくるんだけど、わたしはここにいるチャールズと浮気しているの』とか言うつもりだったのかい?」

「たんに彼をディナーに誘うつもりだったのよ」

「せっかくだから、ちょっと歩き回ろう。大修道院はないのかな? ガイドブックにはどう書いてあるだろう。ああ、七〇〇年に建てられた大修道院があったが、ヘンリー八世が取り壊させたんだ。古い施し物分配所に博物館がある」

「あなたはあの美容師と同じぐらい始末に悪いわね」アガサはぶつくさ言った。「シモン・ド・モンフォールについて長々と解説されたわ」

「じゃあ、あなたの豊富な知識で彼を誘惑したまえ」

施し物分配所では、現在の医療ソーシャルワーカーに相当する分配係が町の恵まれない人々を助けていたが、十四世紀の建物はくずれかけていた。

アガサとチャールズは中に入った。アガサが入場料を支払った。チャールズがいつまでもお金を探していたからだ。わざとだ、とアガサは思った。イヴシャムはシモン・ド・モンフォールの生まれたフランスのドルーと姉妹都市になっている。二人はその事実を宣言している憲章を眺めた。「ストウ゠オン゠ザ゠ウォルドについて聞いたことがあるかい?」チャールズがたずねた。

「いいえ、何を？」

「ロワール地方の小さなすてきな町がストウと姉妹都市になりたがったんだ。そこで教区議会で町の人々に投票してもらったら、ノーが圧倒的多数だったんだ」

「どうして？」

「フランス人と一切関わりを持ちたくなかったんだよ。信じられるかい？　あそこではいまだにウォータールーの戦いをしているにちがいない」

「じゃあ、どこと姉妹都市になったの？」

「どことも。その代わり、水飲み場を作る予定でいる。おっと、この世界地図を見てくれ、アギー――一三九二年だ。信じられるかい？」

アガサはため息をついた。熱気は息苦しいほどで煙草が吸いたくてたまらなかった。

「イヴシャムはドイツのメルズンゲンとアメリカのニュージャージー州のイヴシャムと姉妹都市になっている」

「ああ、退屈。庭園にすわって、あなたを待っていてもいいかしら？」

「だめだよ、まだ上があるんだから。行こう」

ヴィクトリア時代の二着のドレスにアガサは心を奪われた。他の博物館に展示されている女性用の靴はたいていてい小さいが、ここイヴシャムの女性たちは大きな足をしていたようだった。

二人は歩き続けた。アガサは若い頃に目にした覚えのある家庭用品を見て、落ち着かない気持ちになった。

ツアーが終わったときはほっとした。しかしチャールズはさらにふたつの教会を見たがった。セント・ローレンスとオール・セインツだ。アガサはチャールズのあとからついていきながら、こんなに軽薄な男がノルマン様式のアーチを見て興奮するのが不思議でならなかった。一五二九年から一五三九年のあいだに建てられた古い鐘楼の黒っぽいアーチをくぐり抜け、芝生を突っ切りエイヴォン川の方へ向かうあいだも、チャールズはずっとぺちゃくちゃしゃべっていた。川のすぐ手前に子ども用の水遊び場があり、子どもたちの甲高い歓声が響いている。「昔はあそこで修行僧たちが釣りをしていたんだ」チャールズは言った。

「ちょっとすわりましょうよ」アガサが疲れた声で提案した。

二人は並んでベンチに腰をおろした。晴天の下、のんびりした光景が広がっていた。バンドが《マイ・フェア・レディ》のサウンドトラックを演奏している。家族連れは芝生で寝転がっている。その様子はとても平和で、とてもイギリスらしく、都会の暴力とは無縁の世界に思えた。アガサは肩の力を抜いた。イヴシャムにはのんびりした魅力があった。

「ボートに乗ろうよ」チャールズが言いだした。

「あなたが漕いでくれるの？」

「暑すぎるよ。ああいう遊覧船にしよう」

ブリッジ・ストリートに戻っていき、パーキングビルを通り過ぎて埠頭まで下りていくと、ちょうど船が出発しようとしていた。

「イヴシャムの大修道院はグロスター大聖堂よりも大きいって知ってたかい？」チャールズがたずねた。

「ふうん」アガサはどうでもよさそうに相づちをうった。

「それにこれも知って――どうしたんだ？」いきなりアガサが彼の腕をつかんだのだ。

「あそこ。ミスター・ジョンだわ」アガサがひそひそ声で言った。

屋根のない遊覧船はティーガーデンのわきをゆっくりと通過するところだった。チャールズは視線を向けた。「ブロンドのやつか？」

「そう」

アガサは船が行き過ぎるときに後ろを振り返った。「誰かしら。ああ、そうだわ。あれはマギーって呼ばれていた美容院の客だわ。美容院では全員が名前で呼ばれているの」

「彼女はあまり楽しそうじゃないな」

「船はまたこっちに戻ってくるのよね？」

「もうじきね、たぶん。ツアーはたった三十分だから、そろそろ引き返すと思うよ」

予想通り、船はまもなく方向転換した。

「準備して」アガサは言った。「今度こそじっくり見る用意をしておいて」

しかし船がティーガーデンを通り過ぎたとき、ミスター・ジョンがマギーとすわっていたテーブルは空っぽになっていた。

「残念。マギーは夫が自分のことを認めてくれないって、彼に嘆いていたの。彼は本当に恐喝をしているんだと思う？　ただ火遊びをしているだけかも」

「じゃ、どうしてミセス・フレンドリーはあんなに怯えていたんだ？」

「ミセス・フレンドリーのことを忘れていた。ミセス・ブロクスビーに訊いてみるわ。牧師の奥さんよ。彼女なら何か知っているかもしれない。いっしょに来る？」

チャールズは腕時計を見た。「無理だな。すぐに家に帰らないと。今夜は出かけるんだ」

「どこに？」

「《マクベス》を観に、女の子をストラットフォードに連れていくんだ」

「そう」アガサは小さな声で言った。がっかりしたが、チャールズは独身だし自分の生活があるのだと納得しようとした。

船を降りて駐車場に戻ってきたとき、暑さは息苦しいほどだった。

「今夜は雷になりそうだな」イヴシャムをあとにしながらチャールズが言った。フィッシュ・ヒルの上に紫色の雲がもくもく出ている。

「ほとんど毎晩、雷雨になるわ。なのに翌日は暑くてムシムシするのよね」

チャールズは返事代わりにうなった。何かに気をとられている様子だった。アガサは頭の中でまたもや憂鬱がふくらみはじめるのを感じた。ミセス・ブロクスビーに会いに行こう。そうすれば孤独な夜が少し短くなるだろう。

チャールズに家で降ろしてもらったとき、彼はまた会おうとはひとことも口にしなかった。美容師の謎を追うことが退屈になったのだろうと、アガサは思った。控えめにさよならと挨拶すると、コテージに入った。そのとたんに最初の大きな雨粒が茅葺(かやぶ)き屋根をたたいた。

急いで猫たちを家に入れてやり、キャットフードの缶を開けた。ホッジとボズウェルはゴロゴロ言いながらアガサの足首に体をこすりつけてくるくせに、二匹だけで過ごしていることにすっかり満足しているようで、かまってもらうことをあまり求めなかった。

目もくらむ稲光がキッチンを照らしだした。それから雷鳴が轟き、古いコテージが土台から揺すぶられたような気がした。キッチンの明かりのスイッチを入れると、またもやカースリーは停電になっていることがわかった。

寝室までそろそろ上がっていって服も脱がずにベッドにもぐりこみ、上掛けをひっぱりあげて荒れ狂う嵐に耳をすませた。そのまま浅い眠りに落ちていった。夜の七時に目覚めたときは暑くて口の中がざらついていた。夕方の光が窓から射しこんでいる。ベッドから出ると、窓から外を見た。庭にある何もかもが日差しに輝いていた。頭を突きだした。相変わらず空気は熱くてべとついている。

アガサはシャワーを浴びて着替えると、牧師館に向かった。

戸口まで来ると牧師の怒った声が聞こえたのでぎくりとた。

「あの女ときたら、まず電話をしようとは考えないのか？」

きびすを返しかけた。ミセス・ブロクスビーのような本物のクリスチャンが相手だと、そこが問題なのだ。相手にもそれぞれ人生があることをつい忘れてしまう。

しかしドアが開くと、ミセス・ブロクスビーが目にかかった白髪交じりの髪をかきあげながら歓迎の笑みを浮かべていた。

「道をやって来るのが見えたの。どうぞ入って」

「ご主人にもそれが見えたのね」アガサは残念そうに言った。「彼の言うとおりよ。最初に電話するべきだった」

「主人のことは気にしないで。暑さのせいで全員が怒りっぽくなっているし、夕べの礼拝があるからすぐにいなくなるわ」

「それなら……」

アガサが家に通されたとたん裏口のドアが乱暴に閉まり、牧師が教会墓地を抜けて歩み去る姿が窓から見えた。

「困ったことに、何かで悩んでいると、忙しいだろうってことも考えずに、あなたにすぐ会いに来てしまうのよ」アガサは居心地のいいリビングに腰をおろした。

「お互いさまよ」ミセス・ブロクスビーは穏やかに言った。「わたしだってまず電話しようなんて思わないもの。お茶を淹れるから、それを庭に運んでいきましょう。少しは風があるかもしれないわ」

この人は絶対に大騒ぎしないのね、とアガサはうらやましく思いながら、ミセス・ブロクスビーがガーデンテーブルとチェアの雨の滴（しずく）をふいているのを窓から眺めた。

それからミセス・ブロクスビーはキッチンでお茶を淹れると、アガサを庭に呼んだ。

「あれを見て！」アガサが言った。「教会墓地の向こう。暑さで墓石から本当に湯気が立っているわ。まるでドラキュラ映画みたい」

「そろそろ月末よ。もうすぐ涼しい季節がやって来るわ」ミセス・ブロクスビーはお茶を注ぎながら言った。「さて、どうしたの？　ジェームズのこと？」

「いいえ。美容師のことなの」アガサは自分の抱いている疑いと、罠（わな）を仕掛けるというチャールズの計画について話した。

「またとても危険な目にあうかもしれないわよ」ミセス・ブロクスビーの大きな灰色の目は心配そうだった。「もちろん、そのミスター・ジョンはあなたの探偵としての評判を知っているのよね？」

「夫が殺されたことについては覚えていたわ。でもわたしが事件解決に力を貸したってことは新聞に書かれなかったから、知らないと思う。手柄はいつも警察のものになるのよ。ところで、フレンドリー夫妻について教えて」

「カースリーに来てまもないのよ、ご存じでしょうけど。そういえば、数週間前に朝の礼拝のあとでちょっとした騒ぎがあったって、アルフが話していたわ」アルフというのは牧師のことだ。

「アルフが物質にとらわれない精神を持つべきだと説教をしたら、教会のポーチで、ミスター・フレンドリーが女房も説教に耳を傾けてもらいたい、あいつは金を湯水のように使うから、と言ったんですって。ミセス・フレンドリーが服を二、三着買っただけだと抗議したら、ミスター・フレンドリーはこんなふうに言ったの。『どの服だ？おれは見てないぞ』」

「放っておくべきだと思う？」

「そうね、放っておくべきだって頭のどこかでは感じている。でも、ミスター・ジョンが恐喝者だったら、恐ろしいことだわ。どんなに人を苦しめているか考えてみて！そうだわ、お友だちに相談したらいいんじゃない、ビル・ウォンに？」

「話せないの。ビルは休暇をとっているのよ」ビルが電話をくれず、家で休暇を過ごしていることすら連絡してくれなかったので、アガサはまだ傷ついていた。

「彼のボスのウィルクスは？」

「ウィルクスにはやたらに首を突っ込んでくるいやな女だと思われているの。だめよ、証拠が必要だわ。やってみるだけなら問題ないでしょ。最悪、ミスター・ジョンがわたしを恐喝するぐらいだもの。まさか殺されたりはしないわ」

「で、どういう計画なの？」

「ディナーに誘おうと思っていたんだけど、まず美容院に予約を入れて、今度はしっかり目を開け耳をすましているわ。彼がお金を絞りとろうとしているお客が他にいないか調べてみるつもり」

「用心してね。ところでアンクームでのコンサートだけど、ケータリングを担当してくださって本当にありがたいわ。何かお手伝いしましょうか？」

「いいえ、一人でできると思う」アガサはすでにケータリング会社を雇ってケーキと軽食を作ってもらおうと決めていた。ミセス・ダリの鼻を明かせるなら、そのぐらいの出費はいとわなかった。

「実はね、ミスター・ジョンを勧めなければよかった、と後悔しているの。だけど、彼はとても評判がいいのよ。アンクームで婦人会の会長をしているミセス・ジェシー・ブラックは、これまでぎょっとするような赤い髪でみっともないチリチリパーマをかけていたの。ミスター・ジョンはそれを鳶色に染めて、美しいつやつやした髪に変えたのよ」

「予約がとれるか調べてみるわ。明日、訊いてみる」

翌日アガサはイヴシャムに向かった。イヴシャムの古い建物は強烈な熱気の中で揺らめいていた。駐車場に車を停めた。本当は美容院の外に駐車スペースを見つけたかったが、また敵意をむきだしにした地元の人間と対決したくなかった。

美容院の微妙な変化に注意を払っていたせいで、今回は受付係が敵意と嫉妬のこもった視線を向けてくるのに気づいた。ピンクの制服を着た冴えないブロンドで、左胸のバッジにはジョシーと書かれている。

「キャンセルが出て本当にラッキーだったわ」アガサは明るく言った。

「そうですね」ジョシーはピンクのシャンプークロスをアガサの肩に乱暴にかけた。「ミスター・ジョンは年配の方にとても人気がありますから」

「それ、わたしに対する皮肉？」アガサはむっとして激しく食ってかかった。

「いえいえ、とんでもない」ジョシーは狼狽してあとずさった。「イヴェットを呼んでシャンプーさせますね」

いらだちながらアガサはシャンプー台の前にすわり、あたりを見回した。隣のエリアから女性の不満そうな声が聞こえてきた。「最近、あの子には手がつけられなくて。『そんなものを使ったら死ぬわよ』ってしかったけど、娘はこう言うのよ。『ヘロインはあたしの友だちよ』わが子がドラッグをやっているなんて！　屈辱よ。近所の人からベティはドラッグを注射で打っているんじゃないかって指摘されたわ」

「ご主人からお嬢さんに注意してもらったらどうですか？」ミスター・ジョンの声。

「ジム？　とんでもない！　主人は娘がドラッグをやっていることを知らないし、わたしが話しても信じようとしないでしょうね。ベティはいつも父親をいいように丸めこんでしまうの。父親っ子だから。小さい頃からずっとそうだったわ」

イヴェットがやって来て、アガサの首にタオルを巻いた。そのあとはお湯の流れる音でミスター・ジョンとお客のあいだの会話は聞こえなくなった。

美容院って精神分析医の寝椅子みたいだわ、とアガサは思った。話している内容もそっくり。あの女性は他の客に話を聞かれ、警察に通報されるとは考えないのだろうか？　思わなかったにちがいない。美容師と美容院は教会での懺悔のようなものなのだ。こうした懺悔から利益を得る可能性があるのは、美容師だけだった。

アガサが髪にタオルを巻かれ鏡の前に案内されていくと、ミスター・ジョンが微笑を向けた。ジョシーがスタイロフォームに入っているコーヒーを運んでくると、ミスター・ジョンはスリムテックスという人工甘味料を二つ入れた。

「道の向かいの店からコーヒーを取り寄せているんです。あそこのカフェです。ちょっとみすぼらしいが、とてもおいしいコーヒーを淹れるのでね。さて、アガサ、またすっきりきれいにしましょう」

アガサはため息をついた。「よくこんな暑さで仕事ができるわね。雨よりも悪いわ」

「すてきにしますよ」

ミスター・ジョンは両手をアガサの肩にのせ、軽く押した。

「ディナーをごちそうする約束があったわね」

「そのとおり。その約束はぜひとも守ってもらうつもりですよ」

アガサは大きく息を吸った。「今夜は空いている?」

「実を言うと空いてます」

「あらあら、じゃあ、お迎えに来ましょうか?」

「いえ、ぼくが八時にうかがいますよ。ジョシー、そこに立ってポカンと口を開けて何をしているんだ? 電話が鳴っているぞ」

ジョシーは急いで立ち去った。ミスター・ジョンは肩をすくめた。「最近の若い娘ときたら」小さくつぶやく。

アガサの髪はまたつやつやした輝きを取り戻した。美容院を出ると、汗をたくさんかいてセットがだいなしにならないように祈りながら、早足で駐車場まで行った。

家に着くと、チャールズに電話しようかと考えた。しかし、アガサはすねていた。チャールズときたら、次に会うことについては何も口にしなかった。アガサがいつでも手に入ると思いこんでいて、好きなときに彼女の人生に入ってきては出ていくつもりなのだ。

念入りにドレスアップしたが、残念ながら快適ではなかった。ピンヒールがまた流行しているという記事を読んでいたので、ゴールドのバックストラップのヒールを買っておいた。これほど高いヒールをはきこなせるほどまだ足首が強いことが誇りだった。しかし湿気で皮膚が柔らかくなり、交差したストラップが痛いほど足に食いこんできた。

ミスター・ジョンの車ではすわっているし、レストランでもすわっているだけなら耐えられるだろう、と判断した。彼がやって来る少し前に、小さなテープレコーダーをバッグに忍ばせた。

アガサがミスター・ジョンにエスコートされて車に乗りこむとき、ミセス・ダリがキャンキャン鳴く犬を連れてライラック・レーンを歩いていった。アガサはちらっと勝ち誇ったまなざしを向けた。こんなにハンサムな男性と夜に外出するところを嫌みな村の女性に目撃され、溜飲が下がった。しかし、意外にもミセス・ダリは立ち止まってぶしつけにじろじろ見ることもせず、いやがる犬をひきずりながら逃げるようにして小道を遠ざかっていった。

「どこに行くの?」アガサはたずねた。

「モートンの〈マーシュ・グース〉に」

「すてき」アガサは言ったものの、コーヒーラウンジ以外は禁煙よね、と憂鬱になった。お酒を飲む人間は「わたしの前では飲まないでくれ」と決して言われないのに、喫煙者は誰かの前で煙草を吸うことをいつもうしろめたく感じさせられる。

レストランに着いたときは、煙草を一本吸いたくて吸いたくてたまらなくなっていたが、そう口にする勇気がなかった。

アガサはハンドバッグを膝の上に置き、バッグを開けてさりげなくテープレコーダーのスイッチを入れた。それからまたスイッチを切った。隣のテーブルに騒々しい一団がいたので、まともな会話ができそうになかったからだ。

ようやくうるさいグループが帰っていったので、アガサはほっとした。テープレコーダーのスイッチをまた入れて、ミスター・ジョンに無邪気な目を向けた。

「あなたとこんなふうに静かに食事をするのは、悩みから解放される貴重なひとときだわ」

「どういう悩みなんです、アガサ?」ミスター・ジョンはテーブル越しに手を伸ばして彼女の手をとった。

「ジェームズのせいなの」ぞっとしたことに、みるみる涙があふれてきた。

ミスター・ジョンの親指は彼女の手のひらをやさしくなでている。

「ぼくに話してください」

「ジェームズが家に帰ってくるのよ。わたし、彼がずっといなくて寂しかったの。それでチャールズと浮気していたの」

「例の准男爵と?」

「ええ、彼と。チャールズは暴力的でとても嫉妬深いの。彼との関係は終わりにしようとしたのよ。でも、いやだって言われて。そのことがジェームズの耳に入るんじゃないかと怖くて。何でもするわ――どんなことだって――彼にばれないためなら」

ミスター・ジョンはさらに質問をし、アガサは暴力的で嫉妬深いチャールズの姿をでっちあげているうちに、ほとんどそれを信じそうになっていた。

しかしミスター・ジョンといっしょにラウンジでコーヒーを飲む頃には、自分ばかりがしゃべっていたことに気づいた。彼女は煙草をとりだした。

「それはよくない習慣ですよ、アガサ。吸わないでほしいと言ったら気に障りますか?」

「ええ、とっても」アガサはにべもなく答えた。

「命を縮めていますよ」

「それなら、車を運転する人も大気中に発がん物質をまき散らしているわ」

アガサはあわててハンドバッグを閉めた。煙草を探そうとして大きく開きっぱなしにしておいたのだ。テープレコーダーを見られなかったのならいいけれど。ともあれ、今夜は恐喝されることもなさそうだった。

イヴシャムの店がとても成功したことや、新しい店を開こうかと考えていることをミスター・ジョンは気楽にしゃべりはじめた。「戦争なんですよ、美容業界は」彼は笑った。「映画みたいですよ。競争や嫉妬ときたら、あなたには信じられないでしょうね。なのに、また美容院を開こうと思っているんです」

アガサはハンドバッグに手を入れて、テープレコーダーのスイッチを切った。物憂く悲しい気分だった。それに足が痛くて死にそうだった。

とうとうアガサは言った。「とても楽しかったわ。そろそろ帰りません？」彼女はウェイターに合図して、勘定書きを持ってこさせた。「わたしのおごりよ、覚えているでしょ？」

「疲れているようですね」青い目はとても心配そうだった。

ミスター・ジョンは黙りこくったアガサを家まで送ってくれた。車から助け降ろすと彼は言った。「あなたのコテージの中をぜひ見たいな」

アガサがうんざりしながら礼儀正しい言い訳を考えようとしたとき、背後から怒りのこもった声がして飛びあがった。

「一体全体、こいつは誰なんだ、アギー！」

3

チャールズがそこに立っていた。拳を握りしめて。アガサはあまりびっくりしたので、最初のうち、それが演技だということが理解できなかった。「ジョンとディナーに行ってきたの。チャールズ、紹介させてもらえる？　こちらは――」

「こんなクズに紹介されたくない」チャールズはアガサの腕をつかみ、ぐいと引き寄せた。その拍子に彼女のクラッチバッグが飛んでいき、中身が道にばらまかれ、アガサのコテージの正面で防犯灯がつき、地面をこうこうと照らした。小さな黒いテープレコーダーは玉石敷きの道を滑っていき、ミスター・ジョンの足下に落ちた。

彼はそれを拾いあげた。チャールズはアガサの腕をつかんだまま、凍りついた。

「あなたのものですね」ミスター・ジョンはテープレコーダーをアガサに差しだした。呆然としながら彼女はそれを受けとった。ミスター・ジョンの目つきはおもしろがっていると同時に意地悪くぎらついていた。

それから彼は片手を振って車に乗りこむと走り去った。

アガサはチャールズに詰めよった。「いったいどういうつもりなの？」しゃがんでバッグの中身を拾い集めはじめた。

「自分の役を演じていただけだよ」チャールズは穏やかに応じた。「〈レッド・ライオン〉に行ったら、あなたがミスター・ジョンと出かけていると聞かされたんだ。だから家に帰ってくるのを待ちかまえていて、嫉妬深い恋人を演じようと思ったんだよ」

「どうしてまえもって話してくれなかったの？」

「できなかったんだ。あなたが何を企んでいるのかわからなかったし。そっちこそ、どうして電話してくれなかったんだ？　いっしょに作戦を立てたのに」

「ともかく、家に入ってちょうだい。なんだかうんざり。テープレコーダーを見られたから気づかれたんじゃないかしら」

チャールズは彼女のあとから家に入ってきてキッチンに向かった。「大丈夫じゃないかな」

「どうしてよ？」アガサはプンプンしながら電気ケトルのスイッチを入れた。「あのテープレコーダーを手渡してくれたときの彼の目つきからして、ばれたんじゃないかと思うわ」

「でも、あなたがＰＲ関係の仕事についていたことは知っているんだろ。小型テープレコーダーを持ち歩く人はけっこういるよ。わたし自身、約束やするべきことを忘れないために持ち歩くこともある」

「恐喝者はそんなふうには考えないでしょうね」アガサは異を唱えた。

「彼が恐喝者かどうかはまだわからないんだよ。コーヒーを淹れて考えてみよう。煙草を一本もらえないかな」

「吸わないんでしょ」

「相手が吸うときだけ吸うんだ。思いやりからね。それによって相手の吸う煙草を減らしてあげられるから」

「それに、自分のお金を使わずにすむからでしょ。しみったれね！　ええ、どうぞ。バッグに一箱入っているから」

アガサはインスタントコーヒーを二杯淹れた。ちゃんとしたコーヒーを淹れるのは止めてしまい、食事もたいてい電子レンジ調理のものに後戻りしていた。古い習慣はなかなか捨てられないものだ。「村の人間」になる努力に疲れていた。

「これからどうしたらいいかしら？」アガサはテーブルにつきながらたずねた。

「今考えているところだ。彼が恐喝者だと仮定してみよう。どうして人は恐喝者になるのか？」

「権力？」

「いや、金が強力な動機になるにちがいない。金と欲だ。こんなふうにしたらどうかな。あなたは彼に高価なプレゼントをあげる。ジェームズの件は忘れると言う。彼に好意を見せる。彼こそが意中の相手だと思わせる」

「どういうプレゼント？」アガサは納得がいかずに質問した。

「アスプレイのちょっとした小物とか。彼は煙草を吸う？」

「いいえ、わたしの煙草でも吸わない」

「きれいなアスプレイの小箱に入った趣味のいい純金のカフスボタンなんか、どうかな？」

「千ポンドも使う意味がある？　あなたがお金を出してくれるの？」

チャールズは落ち着かない様子になり、思わず守ろうとするかのようにジャケットの胸元をぎゅっとつかんだ。外国人なら心臓を押さえていると思っただろうが、本物のイギリス貴族は財布が無事かどうか確かめるために胸を押さえているんだわ、とアガサは皮肉っぽく思った。

「田舎の美容師にどうしてそんな大金を費やさなくちゃならないの？」アガサは文句

を言った。

「なぜなら」チャールズが辛抱強く説明した。「それによってゲームが続けられるし、ゲームを続ける理由はあなたが退屈しているからだ」

「それはあなたもでしょ」アガサは抜け目なく指摘した。

「でも、ぼくはあなたほど退屈も鬱屈もしていないし、失恋もしていないよ、ダーリン」

「考えてみるわ」

「そうしてくれ。きっと彼はバターみたいにとろけて、あなたのことを最高だと思うようになるよ」

「コーヒーを飲み終えたら、お送りするわ」

「疲れているんだ。ここに泊まれない?」

「だめ。帰ってちょうだい」

「わかったよ」チャールズは立ち上がった。「成果を連絡してくれよ」

「プレゼントするとは言ってないわよ」

「考えてみて、アギー。考えてみてくれ」

チャールズの言うとおりだった。アガサは「自分の事件」と考えているものを途中で放りだしたくなかった。

翌朝早くモートン・イン・マーシュ駅まで行き、通勤客に交じってホームに立った。すると切符売り場を担当している女性が出てきて叫んだ。「運転士不足のせいで列車が来ません」

文句を言いながら、アガサは鉄橋を越えて駐車場に戻った。車に乗りこむとオックスフォードまで走り、パディントン駅行きの列車に乗った。パディントンからタクシーでボンド・ストリートのアスプレイに行った。有名な宝石店の崇高と言えそうなほどの静謐（せいひつ）の中でカフスボタンを選び、最終的に大きな純金のものに決めると、息が止まりそうなほどの値札の支払いをした。

それからシティに行って株式仲介人と会い、自分の株がちゃんと利益をあげていることを確認してほっと胸をなでおろした。シティに来ているあいだにロイ・シルバーに会いにペドマンズまで行った。ロイはペドマンズに会社を売却するまで彼女の部下の宣伝担当社員だった。

「しばらく連絡がなかったから」アガサは相変わらずやせこけて不健康そうなロイを眺めながら言った。しかし、どうやら彼は羽振りがいいようだった。アガサの鋭い目は彼のスーツがアルマーニだということを見てとった。

「ずっと忙しかったんですよ。退屈な村の生活はいかがですか？」

「あら、田舎が好きなのかと思ってたわ。いつもわたしのことを幸運だってうらやましがっていたでしょ」

「一時の気の迷いですよ。ぼくみたいに洗練された人間は田舎にいたら萎（しお）れちゃいます」

「もちろん冗談よね」

「いや、そうでもないです。ところで何をしているんですか？　村のお祭り？」

「いえ、それよりずっとわくわくすることよ」アガサは答えたが、アンクームのコンサートでお茶を手配することを思いだした。早く戻ってケータリング会社に電話しなくては。

「殺人事件？」

アガサは自慢したかった。「恐喝者を追っているの」

「その話を聞かせてください」

そこでアガサは話してやった。

ロイは興味をそそられたようだった。「ねえ、今週末にそっちに行って、あなたを手伝いますよ」

彼は長いあいだ電話もしてこなかったのだ。そこでアガサはそっけなくはねつけた。

「だめなの。今週末は忙しいから」


家に帰ると美容院に電話して、あさっての予約を入れた。翌日はアンクームでのコンサートだった。そこでミルセスターの一流ケータリング会社に電話して、サンドウィッチ、ケーキ、温かいオードブルを翌朝早く自宅に届けてくれるように頼んだ。自分でコンサート会場まで運び、自分で作ったものとして出すつもりだった。

翌朝、ケータリング会社の商品をすべて自分の容器に移し替え車のトランクにしまうと、アンクームに出発した。

お茶の用意をするので忙しいからという絶好の口実で併設のホールに逃げだすと、そこで三人の女子高校生の手を借りてテーブルと椅子を並べた。ホールはいかにも教会のホールらしい臭いがした。ほこりっぽい乾燥腐敗と汗の臭い。そこはスカウトたちだけではなく、エアロビクスの教室にも使われていたのだ。

ミス・シムズが歌っている金切り声が聞こえた。あれがシェールのつもりなら、脂肪吸引をほどこされている最中のシェールにちがいない。

ようやくイギリス国歌が歌われるのが聞こえてきた――アンクーム婦人会は伝統主義なのだ。それから椅子を引く音がして、全員がこれから待っているお楽しみに興奮しながら、どやどやと入ってきた。

しかしミセス・ダリはその中にいなかった。くだらないことに大金を使っちゃったわ、とアガサは後悔した。

ミセス・フレンドリーの姿もない。これでは調査を続けることもできなかった。イベントが終わる頃には、アガサは疲れていらいらしていた。ミセス・ブロクスビーはあとに残って空のホイル皿を車に積みこむのを手伝ってくれた。

「あなたのおかげで鼻高々だったわ、ミセス・レーズン。またお仕事を始めたくなったら、プロのケータリング業者になれるわよ」

アガサが鋭い目でミセス・ブロクスビーを見ると、彼女は無邪気にアガサを見つめ返してきた。だが、真相を見抜かれたのはまちがいなかった。自分がまぬけに感じられた。

人生で初めて一人で暮らすのが大変だと感じた。もっとも、これまでも短い間ジェームズや亡くなった夫と暮らした以外に、誰とも暮らしたことはなかったのだが。もし誰かと暮らしていたら、ホイル皿を洗っているあいだおしゃべりの相手になってくれただろう。ケータリング会社が引き取りに行くと電話をかけてきたあとで、ホイル皿の大きな目的は使い捨てにできることで、丸ごとゴミ袋に入れるだけでよかったのだと気づいた。

暑さは耐えがたかった。庭にふらふらと出ていった。ガーデニングにも興味を失い、地元の人間を雇って任せていた。掃除はミセス・シンプソンがやってくれる。何もかも代わりにやってもらっているのに、生きることは自分でやるしかない。残念だ。庭師はあと二日は来ないだろう。最近雨が降ったにもかかわらず、花が暑さで萎れかけている。

ホースをとりだしてきて庭の蛇口につなごうとしたが、ガーデンチェアにすわりこんだ。一日じゅう追い払おうと闘っていたふさぎの虫にとりつかれ、体が動かなかった。

そこにすわっているうちに、太陽はゆっくりと沈んでいき、庭の端の木々の影が芝生に長く伸びた。これまでアガサの人生では、お金と成功を追い求めることがすべてだった。お金は一流のレストランと安全、病気になったときの最高の医療を意味した。そして人生の最後には世話してもらえるいい老人ホームに入る。人生の潮が引いていき、お金の砂州に一人取り残されているように感じた。

「砂に埋もれるつもりはないわ」アガサは小さくつぶやいた。老女のような気分で椅子から立ちあがると庭の物置に行き、自転車を出してきた。数分後、彼女は自転車で田舎道を下っていた。疲れた負け犬のアガサを捨て去ろうとして、とりつかれたようにペダルを速く漕いだ。

田舎がすっかり闇に包まれコテージの窓に明かりが灯るまで、ペダルを漕ぎ続けた。とうとう家路をめざし、木々が作るアーチの下、ペダルを漕がずに惰性で丘を下ってカースリーに帰ってきたときには、落ち着きをとり戻したものの疲れ果てていた。

猫を庭から入れてやり夜の戸締まりをすると、ハムサンドウィッチをこしらえた。それからシャワーを浴びてベッドにもぐりこむと、深い眠りに落ちていった。

翌朝目覚めたときは運動のせいで筋肉痛になっていたが、出かける準備をした。アスプレイの小箱をバッグに入れ、美容院に車を走らせた。ブロードウェイを渡って、空を見上げた。馬尾雲(ばびうん)が青い空にまっすぐ伸びている。天候が変わりかけているにちがいない。

イヴシャムに入ったときには空が灰色に変わっていた。うれしいことに、美容院のすぐ外に合法的な駐車スペースを見つけられた。

ちょっぴり不安になりながらドアを開けて美容院の中に入った。いささか勝ち誇ったように、受付係はミスター・ギャリーがアガサを担当すると告げた。

「ミスター・ギャリーっていったい誰なの？」アガサは気色ばんだ。「それにしゃべりながらニタニタ笑うのはやめてちょうだい」

「ミスター・ギャリーはミスター・ジョンのアシスタントです」受付係のジョシーは言った。アガサは予約をキャンセルしようとしたが、ずらっと並ぶ鏡に映る自分の姿がちらっと目に入った。髪の毛は汗でペタンとなっていた。

イヴェットがシャンプーを終えると、ミスター・ギャリーのところに連れていってくれた。彼はテレビで見た番組についてべらべらしゃべる青年だった。アガサはこう質問してそのおしゃべりをさえぎった。「ミスター・ジョンはどうしたの？」

「具合が悪いって電話してきたんです。詳しくは言いませんでした」

「彼はイヴシャムに住んでいるの？」

「ええ、チェルトナム・ロードのヴィラの一軒ですよ」

アガサの髪はいつもと同じようにつやつやと健康的に見えたが、スタイルが気に入らなかった。なんだか堅苦しい感じに見えたのだ。ふだんなら文句を言ってやり直してもらうのだが、美容院にすわっているのはもう飽き飽きだった。代金を支払っているときに、デスクの後ろに額入りの証明書がかけられていることに気づいた。ふうん、ミスター・ジョンの苗字はショーパートなのか。

郵便局に行き電話帳を借りるとショーパートは一人だけだった。チェルトナム・ロードの番地をメモすると、車を発進させて目的地をめざした。エイヴォン川にかかる橋を渡ったとき、水が緑がかった黒色になり、低く垂れこめた空の下でよどんでいることに気づいた。

丘を登り、自動車修理工場を過ぎ、病院を通過して、バイパスの方向に走り、ミスター・ジョンの家を見つけた。かなり大きな現代的なヴィラだった。車を停めると短い小道を歩いていき、ドアベルを鳴らした。

長い静寂が返ってきた。聞こえるのは、ときおり背後の道を通る車の音だけ。空はますます暗くなってきた。そのときかすかな足音が聞こえた。まるで老人のように歩く足音。

ふいに来なければよかったと思った。ドアがチェーンをつけたまま開かれた。

「ああ、あなたですか」とミスター・ジョンの声。「どうぞ」

彼はチェーンをはずすと、あとずさった。廊下は真っ暗だった。彼は先に立ってリビングにアガサを案内すると、明かりのスイッチを入れて向き直った。

アガサは悲鳴をあげた。彼の顔は青黒いあざだらけだった。

「いったいどうしたの？　交通事故？」

「ええ、ゆうべ。酔っ払いの若者の車が突っ込んできて、フロントウィンドウに顔をぶつけたんです」

「エアバッグはなかったの？　それにシートベルトをつけていなかったの？」

「エアバッグがついてない車なので。ちょうど発進したところで、まだシートベルトも締めていなかったんです」

「警察はどう言っていた？」

「通報しませんでした。だって、警察には何もできませんからね。相手の車のナンバーもわからないし」

「でも警察に通報しなくてはだめよ。でないと保険が――」

「いや、放っておいてください。そのことは話したくない。どういうご用件ですか？」

アガサは甘い言葉を口にする計画だったが、青黒い顔を目の当たりにして、どう切りだしたらいいか途方に暮れてしまった。

「具合が悪いと聞いたので、心配だったの」

「それはご親切に」必死になって元気をかき集めようとしているようだった。「何かお飲みになりますか？　お茶？　もっと強いもの？」

「いいえ、気を遣わないで。ここにはいつから住んでいるの？」

「どうしてですか？」

アガサはまばたきした。「ちょっと思っただけ。これを」バッグをかき回した。「ほんのささやかなプレゼントよ」彼女はアスプレイの箱を渡した。

ミスター・ジョンは箱を開け、小さなベルベットの台にはめられた大きなゴールドのカフスボタンをまじまじと見つめた。

彼の顔も態度もがらりと変わった。「なんて美しいんだろう。本当に気前のいいプレゼントですね。どうお礼を言ったらいいのか」

彼は近づいてきてかがみこむと、アガサの頬にキスした。「さあ、これをお祝いして一杯飲まなくては。いいえ、ぜひとも。お願いします」

彼はリビングを出ていき、シャンパンとグラスをふたつ持って戻ってきた。手際よくコルクを抜くと、グラスを満たし、片方をアガサに渡した。

アガサはグラスを掲げた。「友情に」

「ええ、友情に乾杯しましょう。ぼくには友人が必要なんです」彼の声は初めて真摯に響いた。もしかしたらこの人のことを誤解していたのかもしれない、とアガサは思った。

ミスター・ジョンはほっそりした手にグラスを持ったますわった。「どのぐらいここに住んでいるかとおたずねでしたね。一年ほどです。ポーツマスで働いていたんですが、環境を変えたくなって。〈ヘアドレッサーズ・ジャーナル〉を見て、イヴシャムのこの店が売りに出ているのを見つけた。最初にイヴシャムに来たとき町じゅうを見て回り、最先端でもなく洗練されてもいなかったけど、のんびりした雰囲気が気に入ったんです。それに周囲の村には裕福な人々がたくさんいますからね。おかげさまで、店は開店直後から繁盛しています。もっともまた引っ越すことを考えてますけどね。しばらく一カ所にいると落ち着かなくなる質なんです」

アガサはどっしりした家具とコッツウォルズのぱっとしない風景を描いた絵画が飾られた黒っぽい壁紙を眺めた。地元の画家が描いたらしい、丹念に写真を模写したかのようなまったく生気のない風景画。

「この場所は家具つきなの？」

「ええ、借りたんです。ぼくの趣味じゃありません。ところで、あなたのどろどろの恋愛はどんな具合ですか、アガサ？」

人生に疲れたと言わんばかりに肩をすくめて見せた。「チャールズがあんな騒ぎを起こしたのでもう我慢できなくなったわ。ジェームズにもうんざりなの」アガサは床を見つめ、自由自在に赤面できればいいのにと思った。「その代わり、あなたのことをずっと考えていたわ」

「ぼくもあなたのことを考えていました。ぼくたちはすばらしいチームになれそうですね」

アガサは驚いて彼を見た。

ミスター・ジョンはグラスを置くと、身を乗りだした。「ぼくがどうしてロンドンに移らないのか不思議がってましたね。実はそのことを考えていたんです。お客の一人から、あなたはさまざまな企画やPRの仕事がとても得意だと聞いたんです。ああ、あなたからも聞いていたんですが、あとになってから思いついたんですよ。中心部に店を借りるだけのお金はあります。ナイツブリッジ、スローン・ストリート、ハロッズの近くとかにね。ぼくの美容師としてのスキルとあなたのPRスキルを合わせれば、ぼくは第二のヴィダル・サスーンになれますよ」

彼が恐喝者ではないと信じることができればいいのに、とアガサは思った。でも、話を合わせなくてはならない。

「それ、とてもわくわくする話ね。わたしはロンドンが恋しくなっているの。それにここでのゴタゴタからも逃げられるわ。いつお店を始めるつもり？」

「イヴシャムの仕事をたたむのにしばらく時間がかかりそうです。来年始められたらいいですね」

彼はテープレコーダーに意味があるとは考えていないようだ。アガサは立ちあがった。「そろそろ帰らないと。事故のことはお気の毒だったわね。いつ仕事に復帰するの？」

「二日後ぐらいかな」

「あなたが復帰したら予約を入れるわね」

彼はアガサを眺めた。「それ、ギャリーがやったんですよね？」彼女はうなずいた。

「そこが悩みの種なんです。才能のあるアシスタントを雇うことはなかなかできない。いい美容師は作られるのではなく、生まれつきなんですよ」

ミスター・ジョンはアガサを玄関まで送ってきた。「あなたが次の予約を入れたときに、ディナーの約束をしましょう」彼はアガサの肩に腕を回して、ぎゅっと抱きしめた。「すばらしいパートナーシップが築けそうですね。ぼくは金儲けが得意なので、資金面では問題ありませんよ」

「わたしも自分のお金があるわ。援助できるわよ」

彼はアガサを両腕で抱きしめると、情熱的なキスをした。「あなたに出会うまで、ぼくは何をしていたんだろう」とかすれた声でつぶやいた。

あらまあ、あらまあ、アガサはふらつく足取りで車まで歩いていった。もしかしたら本当に彼を誤解していたのかも。とっても魅力的な男性だわ。

アガサはイヴシャムに行き、チャールズがディナーに来るかもしれないので食料品を買っておくことにした。外で食事をするのにはもう飽き飽きしていた。

ミスター・ジョンのヴィラは脇道の角にあった。アガサは脇道に曲がりこんで三点ターンをすると、町へ向かおうとした。そのとき家のわきに停まっているミスター・ジョンの車に気づいた。ピカピカでへこみひとつなかった。

もちろん、こんな短時間で修理はできなかったはずだ。嫉妬に狂った夫にぶちのめされたのか？　それとも恐喝していた相手にやられた？

しかし、あのキスの味がまだ唇に残っていたので、ミスター・ジョンには何も不審な点はないと考えようとした。ちょっと女たらしということ以外には。

町に入り、スーパーマーケットのテスコに着いたとき、ロンドンで美容院を開く計画に初めて興奮がわきあがってきた。彼女ぐらいの海千山千のビジネスウーマンになると、その商売が成功するかどうかすぐに先が読めた。彼にはまちがいなく才能がある。ロンドンでこれまで担当してもらったことのあるどの美容師よりも。彼を罠にかけ、アガサが彼を調べているという疑いをそらすために、自分から出資してもいいと言ってみたのだった。

しかし本当に彼が無実なら？　カースリーを出てまた刺激的な忙しい生活に戻るのもいいかもしれない。ジェームズはカースリーに帰ってきてアガサがいなくなっているのを知るだろう。仕事があれば、彼のことを考える暇もなくなるはずだ。

ディナーは何にしようかと迷いながら、スーパーマーケットを歩き回った。そのときチャールズのために高価な食べ物に浪費するのはむだだと気づいた。ソーセージ、卵、フライドポテトが何よりも好物の男なのだから。

買い物の支払いをするために列に並んでいるあいだも、現実逃避として美容院の計画を考え続けていた。

コテージに帰ってきて食料品を出しはじめたときに、常識的な思考がようやく機能しはじめた。ミスター・ジョンはまちがいなく女性たちをおだててひっかけている。それでも……それでも……わたしに調べられていると疑っているなら、いっしょに仕事をしようとビジネスの提案をするわけがないでしょう？　彼はまだお金を求めていない。こちらから提案したのだ。チャールズに電話してディナーに招待し、こっちに来たらニュースを伝えると告げた。

悲しいことにアガサは恋愛中毒になっていたので、その愛をジェームズ・レイシー以外の誰にでもすぐ向けたくなっていたのだ。


頭上の空に最初の稲妻が走ったときにチャールズは到着した。「ようやく天気が崩れて暑さが和らぐことを期待しよう」彼は言った。

「食事はキッチンでもかまわない？」

「いいとも。今夜はどんなごちそうを電子レンジでチンしてくれるんだい？」

「ソーセージと卵を焼いて、あとはフライドポテト」

「うれしいね。揚げパンも少しあるといいな」

「あるわよ。わたしがいろいろ焼いているあいだに向こうで飲み物を作ってきて。わたしはジントニックをお願いね。食べながらすべて話すわ」

アガサはコンロの方に向いた。また大きな雷鳴が轟き、すべての電気が消えた。

「停電よ！」アガサはチャールズに叫んだ。彼はリビングに置かれた酒のワゴンのところにいた。「キャンドルをつけるわ。何かにつまずかないで」

カースリーの頻繁な停電に備えて用意してあるキャンドルがないかと、キッチンの引き出しを手探りした。ダイニングのテーブルから持ってきた燭台を手にチャールズが入ってきた。「そっちが大丈夫なら、また戻って酒を作ってくるよ」

「ちょっと待って。流しの下の戸棚に大きな懐中電灯を入れてあるの」アガサはそれを見つけだして彼に渡した。

彼は燭台をキッチンのテーブルに置くと、懐中電灯を手に去っていった。

「ガスの調理台でよかった」アガサはつぶやいた。

ディナーができると、二人はキャンドルの光で食事をするためにテーブルについた。

「さて」チャールズが切りだした。「何があったんだい？」

アガサは美容師の家を訪ねたこと、彼のあざだらけの顔、ビジネスの提案、家のわきで車を見つけたら傷ひとつなかったことを話した。

「じゃあ、誰かにぶちのめされたようだな。けっこうけっこう」

アガサは言った。「まちがっているんじゃないかって思いはじめたの……恐喝の件よ。もしかしたら、たんなる女たらしなだけなんじゃないかしら」

「しかも、あなたの目つきからして腕のいい女たらしみたいだね、アガサ。彼はあなたの金を狙っているんだよ」

「わたしから申し出たのよ。彼は仕事の協力を求めただけ」

「まさか受け入れたんじゃないだろうね」

「いい考えかもしれないわ。わたしはこのカースリーで朽ちかけてるもの」

「あなたのロンドンでの暮らしを聞くたびに、知らず知らずのうちにあそこで朽ちかけていたっていう印象を受けたよ。こっちでは友だちもできた。何かしらいつもわくわくすることが起きているようだし」

「短期間だけやってみてもいいわ。うまくいくか試してみるの。はっきりするまでここは売らないわ」

「アギー、彼に丸めこまれちゃったんだね。いい年してお馬鹿さんだなあ」

アガサは「いい年して」という言葉に顔をしかめたが、こう弁解した。「どっちにしろ、彼をその気にさせておくつもりよ。彼についてもっとよく知るにはいい方法だもの。そうしたら恐喝者かどうかはっきりわかるでしょ」

「それは実に危険な馬鹿げたやり方だと思うよ」

「どうして？　彼がわたしを恐喝しようとしたら、まっすぐ警察に行くわ」

「アギー、恐喝者は暴力をふるうものだ。彼に夢中になっちゃったのかな」

しかし、アガサはロンドンでまた仕事をするという夢をすでに頭の中で描きはじめていた。ボンド・ストリートに店を出したらどうかしら？　鳴り物入りで開店する。

大きなパーティー。セレブを片っ端から招待する。ボンド・ストリートのガソリンの臭い、フェニックの香水カウンターの香りが嗅ぎとれるような気がした。美術画廊で輝いている絵画、アスプレイのウィンドウのまばゆい宝飾品。そして、もしかしたら、たんなる仮定だけど、彼にあんなふうにまたキスされたら、胸をしめつけるジェームズの記憶もきれいに消えてしまうだろう。

「それ以上知りたくなければ……」アガサはすねて言った。

「いや、知りたいよ。すぐにわたしの力が必要になる気がするからね。あの嵐の音を聞いてごらん、アギー。まさかこんな夜にわたしを家に追い返すつもりじゃないだろうね」

「ここで寝てもいいわよ……予備の寝室で」

電話が鳴った。アガサはキッチンの子機をとった。ミスター・ジョンだった。彼の声は温かく思いやりにあふれていた。「あなたが大丈夫かどうか知りたかっただけなんです」

「ええ、大丈夫よ。どうして？」

「このひどい嵐ですからね。そこらじゅうで木が倒れています。電気はついてますか？」

「いいえ。でも、ガスコンロとキャンドルがあるから」

「ぼくたちのビジネスプロジェクトのことでとても興奮しているんです。ぜひもっと相談させてください。どうでしょう、明日の午後三時ぐらいにこちらに来ませんか?」

「ええ、そうするわ。やめて!」チャールズが背後から忍び寄ってきて、うなじにキスしたのだ。

「どうしました?」美容師は語気鋭くたずねた。「誰かいるんですか?」

「いいえ、誰も。ただの蚊よ。明日会いましょう。じゃあね」

彼女はさっとチャールズを振り向いた。「なんであんな真似をしたの? ジョンからだったのよ」

「そう思ったんだよ。あなたは深みにはまりつつあるね、アギー」

「そんなことないわよ」彼女はむっとして言い返した。サラ・リーのアップルパイを冷凍庫からとりだすと、オーブンに入れた。「もっと早く入れておくべきだったわ。ソファにすわってのんびりしましょう」

二人がリビングに入っていくと。すべての電気がついた。「よかった」チャールズは言った。「テレビが見られるぞ」

彼はスイッチをつけチャンネルを次々に変えていったあとで、《ヒルストリート・

ブルース》の再放送を見つけるとうれしそうに見始めた。

「見たいかとも訊いてくれないのね」アガサは不機嫌になった。「だいたい、これはわたしのテレビなのに」

「しいっ！」

というわけで二人は《ヒルストリート・ブルース》を観た。そのあとにバーブラ・ストライサンドの映画が始まり、チャールズはバーブラ・ストライサンドの大ファンだったので夢中になった。そのかたわらでアガサは新しい生活の夢を煙のように頭の中に漂わせていた。一方キッチンのドアの下からは本物の煙が流れだした。アップルパイのことをすっかり忘れていたのだ。テレビの前の二人の方に煙が漂ってきてようやく何が起きたのかに気づき、アガサは悲鳴をあげた。キッチンに走っていきオーブンのスイッチを消し、ドアと窓を開けた。甘く涼しい空気が流れこんできた。庭に出てみた。雨は止んでいて、ちっぽけな月がぎざぎざの雲間にかかっている。キッチンから煙がすっかり追いだされるまで、アガサはそこに立って新鮮な空気を吸いこんでいた。とりだしたパイは黒焦げの塊になっていた。それをゴミ箱に放りこむと、キッチンのカウンターやコンロをていねいに磨きはじめた。

掃除が一段落したときには映画は終わっていて、チャールズは《新スター・トレック》を見ているところだった。ライカー副長がベビーフェイスで髭もないのでシリーズ初期の作品のようだ。

「チャールズ」アガサは不機嫌に声をかけた。「もう遅いし嵐も止んだわ。家に帰れるわよ」

「うちにはスカイテレビが入っていないし、この回はまだ見てないんだよ」

「帰ってちょうだい、チャールズ」

ぶつくさ言いながらチャールズは帰っていった。「明日電話するよ。でも、わたしが心配してあげる必要はなさそうだな」

・

翌日は寒いほどで、何週間も暑さのことで文句を言っていた他のイギリス人と同じく、カースリーの住民たちは今度は寒さについて文句を言いはじめた。アガサはテイラードスーツとシルクのブラウスで念入りに身支度を整えて、イヴシャムに向かった。きのうの夢はすでに消えてしまっていた。到着するやいなやジョンがすぐさま抱きしめて唇に温かい情熱的なキスをしてくれなかったら、消えたままだっただろう。

膝に力が入らなくなってすわりこんだ。あざは急速に消えかけていて、目は相変わらずびっくりするほど鮮やかなブルーだった。

「ビジネスの提案について考えてもらえた?」彼はたずねた。

アガサはさっそくPRの手腕を発揮した。最初から大きく出るべきだから、店はボンド・ストリートに開いたらどうかと提案した。できるだけたくさんの新聞に記事を載せて、世間の関心を集めるつもりだ。「それから、どんな店名にしたらいいと思う?」

「ただ〈ミスター・ジョン〉しか考えていなかったけど」

「いいえ、〈イヴシャムの魔術師〉っていう名前にするのよ」

ミスター・ジョンはまじまじとアガサを見つめてから、げらげら笑いはじめた。

「気に入りましたよ。すぐ覚えてもらえそうだ。おおいに気に入った」

午後じゅう二人は熱心に相談した。それからミスター・ジョンは中華料理を注文した。食事の前に彼は薬瓶を開けて、二錠を口に放りこんだ。「お薬なの?」アガサはたずねた。

「いや、ビタミン剤ですよ。ライフエクスというマルチビタミン錠。これはもうなくてはならないものでね。美容院にも常備してありますよ。あなたも試してみるといい」

アガサは薬瓶をとりあげ、一錠を振りだした。「錠剤を飲みこむのが得意じゃない

とむせちゃうわ。どういう効き目があるの？」手のひらの大きな茶色のゼラチンカプセルを眺めながら言った。「このサイズだ
の」

「エネルギーを与えてくれるんです。さあ、食べましょう」

二人は食べながら新しい企画についてあれこれアイディアを出し、熱心に語り合った。とうとうアガサはそろそろ家に帰らなくてはと、残念そうに告げた。

泊まっていってほしいと言われたら、おそらく従っただろう。しかし彼は背中からアガサを抱きしめておやすみとささやき、また五感がとろけるようなキスをしただけだった。もっとも、それによってアガサの恋心を沸点にまで高めてしまったのだが。

夢見心地で家に車を走らせながら、彼に対するすべての疑惑は事実無根だったと思った。結局、どういう根拠があったのだろう？　おそらく彼にのぼせて馬鹿げたラブレターを書いたか何かして、短気な夫に見つかって怯えている村の女性が一人いるだけ。

留守電にチャールズからのメッセージが入っていたが、彼になど電話したくなかった。今ふわふわ浮かんでいるバラ色のあぶくを破るような真似は一切したくない。ミスター・ジョンは――いいえ、ジョンね、これからは馬鹿げた敬称はやめよう――翌日にわたしの予約を入れてくれると言っていた。すぐにまた彼と会えるわ。

恋に落ちると、アガサは何を着たらいいか決められなくなった。朝早くから支度を始めたのに、やりすぎな気がしてドレッシーな組み合わせを脱ぎ捨てると、セーターとスカートの上にコートをはおって大急ぎで家を飛びだすことになった。

有能なインテリア・デコレイターに紹介しよう、とアガサは美容院を経営者の視点で眺めながら思った。それにいまいましいジョシーみたいな受付係はクビね。あまりにも華やかすぎる従業員もだめだわ。

アガサはシャンプーされてから、期待のあまりくらくらしながらミスター・ジョンのところに案内された。

「アガサ」温かい微笑を向けながら彼は言った。彼女の両肩に手を置き、しっかりとつかんだ。

鏡に映った彼の顔にアガサはびっくりした。あざの下で、皮膚が不健康に赤く染まっている。

「失礼」ミスター・ジョンはつぶやき、トイレに駆けこんでいった。六〇年代ポップスのセレクションが店内に流れていた。ビートルズが「彼女はこの町を離れるチケットを手に入れた」と歌っていて、サロンには音楽が鳴り響いている。その曲が終わると、アガサをはじめ全員にトイレの嘔吐の音が聞こえた。

アガサはトイレまで行きドアをノックして呼びかけた。「どうしたの？」
またもや激しく嘔吐する音。彼女のわきにアシスタントのギャリーがやって来た。
「ひどく気分が悪いみたいよ」アガサはドアのノブをがちゃがちゃ回した。
「ジョン！　ジョン！　入れてちょうだい」
大きな苦しげなうめき声が返ってきた。それからドスンと倒れる音。
「ドアを破って！」アガサはギャリーに叫んだ。
ひょろっとしたギャリーはドアに体当たりしたが、肩を痛めただけだった。
アガサも他のお客といっしょにドアに体当たりした。マギーもその中にいることに
気づいた。
「スクリュードライバーかノミを持ってきて」アガサは叫んだ。「急いで。ジョシー、
救急車を呼んで」
ギャリーが奥に行って工具箱をとってきた。アガサはノミをつかむと、それを鍵の
かかったドアの隙間に突っ込み、左右に揺すぶった。バチンという音がして、ちゃち
な鍵がはずれた。
ミスター・ジョンは床に倒れていた。伸びたまま身じろぎもせず、目は天井を見つ
めている。淡い灰色の目。やだ、目も色を変えるのね、とアガサはせっぽつまった中

で思った。

ひざまずいて脈をとったが、ごくかすかにしか感じられなかった。遠くで救急車のサイレンが聞こえた。幸運なことに病院はすぐ近くだった。

アガサは悪臭にむせそうになった。嘔吐物がそこらじゅうにまき散らされている。

「救急車が着いたわ！」ジョシーが叫んだ。アガサ以外の全員が入り口に走りでていった。彼女はなすすべもなくジョンを見下ろし、応急処置のやり方を知っていればよかったと思った。そのときジョンのポケットからはみだしている鍵が目に入った。かがんで拾い上げると、自分のスカートのポケットにしまった。

救急隊員が入ってきた。全員が場所を空けるように指示された。アガサには永遠とも思える時間がたったあとで、腕に点滴の針を刺され、酸素マスクを顔につけられて、ミスター・ジョンは運ばれていった。

警察がやってきて、供述をとった。「状況からすると、食中毒かもしれないな」

「もう帰っていいですか？」マギーという女性がたずねた。蒼白な顔になっている。

「ひどいショックを受けたので」

「そうでしょうね」警官が言った。「名前と住所をメモしたら、お帰りになっていいですよ。でも、それまではここにいてください」

何人かの客から困惑の声があがった。パーマやカラーの途中だというのに、できるだけ早く家に帰りたがっているのだ。マギーはすわりこんで泣きはじめた。アガサはポケットの中で鍵が燃えているように感じられた。どうしてとってしまったのだろう？

おそらく恐怖で脳がクリアになったからだわ。たぶん彼は恐喝者だった。わたしはチャールズの言うとおり愚かだった。もしジョンが恐喝者なら、ミセス・フレンドリーについての証拠が家に置いてあるかもしれない。かわいそうなミセス・フレンドリー。どうして彼女がこれ以上苦しまなくてはならないの？　アガサは気づいていなかったが、いつのまにか本物の村の住人になっていたのだ。ミセス・フレンドリーはただの知り合いではなかった。たとえ法律を破ることになっても守ってあげなくては、とアガサは決意した。

住所と名前を警官の一人に告げた。髪の毛はまだ濡れていたが、どうでもよかった。あの家に何があるのか知りたかった。それから鍵を持って戻ってきて美容院のどこかに隠せばいい。ミスター・ジョンはアガサの見たところ食中毒から回復しそうに見えたが、意識をとり戻したら彼が悪人なのか、何も後ろ暗いところのない善良な美容師なのか、はっきりわかるだろう。ふと殺人という言葉が頭に浮かんだ。これが殺人という可能性はある？　たんなる食中毒だったら、警察も彼の家を捜索しないだろう。

みんなに見られているような気がしながら、アガサはチェルトナム・ロードの裏の通りに駐車すると、徒歩でジョンのヴィラに向かった。隣人に見られているかもしれなかった。姿を見られていないとしても、家の外に停めたら車の型やナンバーは覚えられてしまうだろう。その日はとても暗く静かだった。用心しながら家の横の脇道からヴィラに近づいていき、左右をそっとうかがう。だが、窓から見つめていたり、庭で作業したりしている人はいなかった。

手袋をはめて鍵束をより分け、正しい鍵を見つけて中に入った。

向かいの家から何人ぐらいに見られただろう。倒れる前に鍵を渡されたと言えばいいわ。ああ、どうしよう、スタッフがそんなことは一切していないと言うだろう。でも、もう来てしまったのだから、このままやり通すしかない。

彼女は家具だらけの静かで暗い部屋を通り抜けていった。デスクもファイルキャビネットもない。二階に上がった。ふたつの寝室は最近誰も使った形跡がなかった。そして大きなダブルベッドが置かれた部屋は彼の寝室にちがいなかった。ベッドサイドテーブルとクロゼットの中のジャケットのポケットを調べた。

しぶしぶ捜索をあきらめようとしてゆっくりと一階に下りていった。そのとき階段の下で、これまで見落としていたドアに気づいた。南京錠がかかっている。セラーのドア？

すべての鍵を試してみて、ようやく合うものを見つけた。遠くで雷鳴が轟いた。ドアの内側の照明をつけて、急な石段を地下室まで下りていった。地下室を照らすスイッチに手を伸ばしたとき、頭上で物音がした。階段の明かりを消し、狩られた動物のように荒い息をつきながら暗闇に立ち尽くした。警察が到着したにちがいない。

アガサはバッグに小さな懐中電灯を入れていた。地下室からどうにかして出られるといいんだけど！　心臓の鼓動が少しおさまってきた。首をかしげて必死に耳を澄ます。上からそっと歩き回っているらしい足音が聞こえてきた。アガサは眉根を寄せた。警察だったら、もっと騒々しい音を立てるんじゃないかしら。それから不気味なゴボゴボという音。階段のてっぺんのドアは閉めておいたが、南京錠は向こう側でドアにぶらさがったままだった。

そのとき大きなシュッという音がした。それから、玄関ドアがバタンと閉まる音。

ぞっとする一瞬、アガサは何が起きたかを悟った。誰かが家に火をつけたのだ。

地下室の明かりをつけた。エクササイズマシンやウエイトが置かれ、隅にデスクのあるほこりっぽい部屋――デスクは汚い窓の下にあった。

あとから、冷静な探偵だったらデスクにあった書類を持ってきただろうと思った。

しかし、そのとき彼女の頭にあったのは焼け死ぬかもしれないという恐怖だけだった。

デスクによじ登ると窓をひっぱった。固く閉まっている。デスクを下りると、いちばん重そうなウエイトをつかんで窓に投げつけた。窓ガラスが割れてぎざぎざの穴ができた。穴の周囲のガラスを落とすと、手袋をした手で体を持ち上げて窓を抜け、雑草だらけの外の地面に降り立った。

そこは家とガレージのあいだの庭だった。

四つん這いになってやぶの陰に隠れた。人に見られずにどうやったら逃げられるだろう？　ポケットから鍵をとりだすと窓から放りこんだ。

頭上で大きな雷の音が轟き、雨がざあっと降りだした。あまりにも激しい雨なので、家の周囲の視界がきかなくなった。

一人の女性が通りを走っていった。この雨なら必死に走っているところを見られても言い訳ができる。

土砂降りの中、車のところまで足を止めずに走り続けた。

恐怖のせいで息が荒くなっていた。すすり泣きながら、アガサは車を出した。フォー・プールズ工業団地であわや別の車に突っ込みそうになり、ワイパーを作動させていなかったことに初めて気づいた。

バイパスに乗ると、ゆっくりと慎重に走って家に向かった。ブロードウェイを抜け、フィッシュ・ヒルを登り、断崖沿いにチッピング・カムデン・ロードを走り左折すると、木々のトンネルを抜けてカースリーに下っていった。

コテージに入ったとたんに雨が小降りになった。ドアを勢いよく閉めると、ぐったりと玄関の床にすわりこみ受話器を手にとった。チャールズに電話して、震える声で言った。「こっちに来て。恐ろしいことが起きたの」

まだあの手袋をはめたままなことに気づいた。むしりとるように脱ぐと、リビングに持っていった。着火剤をひと袋暖炉に入れてから、たきつけの木っ端を加えて火をつけた。炎が煙突の方に燃えあがると、手袋を火の中に放り投げた。靴！　家の残骸が残っていたら、じゅうたんを調べて彼女の足跡が発見されるだろう。靴を脱いでそれも暖炉に放りこむと、炎の前にすわって、両腕で抱きしめた体を前後に揺すぶった。

ドアベルが鳴ると、ほっとしながら開けにいった。チャールズがいつものようにきちんとした、こざっぱりした様子で立っていた。アガサは彼の腕に飛びこむと、泣きだした。

「さあさあ」チャールズはアガサといっしょに家の中に入った。「何をしていたんだ？このひどい臭いは何だ？　古い長靴を燃やしているのか？」

チャールズはアガサをリビングに連れていった。「すわって。ブランデーを持ってこよう。煙だらけで臭いし、びしょ濡れだよ」

彼はふたつのグラスにブランデーを注ぐと、片方をアガサに渡した。「さあ、それを飲んで、チャールズおじさんに何があったかすっかり話してごらん。レイプされたのか？　いや、それだったら、にやついているはずだね」

「意地悪なこと言わないで。あなたも女性はレイプされたがっていると考えている馬鹿な男の一人なの？」

「ああ、なんてことだ。かわいそうに。レイプだったんだね。ねえ、アガサ、もう暗黒時代じゃないんだ。すぐに警察に電話して――」

「レイプじゃないってば！」アガサは叫んだ。

「じゃあ、何だったんだ？」

「いいから、話を聞いてちょうだい。わたし、信じられないほど馬鹿だった」

アガサがミスター・ジョンが倒れたこと、鍵を盗んだこと、ジョンの家にいたら放火されたことなどを語るあいだ、チャールズはじっと耳を傾けていた。

「なんてことだ、まぬけだなあ、アギー。絶対に誰かに見られたにちがいない。家が放火されなかったら、ばれなかったかもしれないが。警察、鑑識、保険会社の調査員。やれやれ、燃え残ったものが徹底的に調べられるだろう」

「どうしたらいいの？」アガサはべそをかいた。

「祈るんだ」

「あのね、現実にどうしたらいいか、ってたずねてるの」

「うーん、倒れるほど彼の具合が悪くなって家が放火されたのなら、何者かが彼を殺そうとしたように思えるけどね。病院に運ばれたのなら無事だったんだろう。回復したら、誰がやったのか彼が警察に話すんじゃないかな」

「あら、まぬけなのはあなたの方よ」アガサは言った。「彼が恐喝者なら、容疑者の名前を警察にもらすわけないでしょ。恐喝相手が全部ばらしたら困るじゃないの」

「じゃあ、二人で、いや、あなたが彼のお見舞いに行って、鍵をとったことを打ち明けたまえ。彼の慈悲にすがるんだ」

「家を放火したのはわたしだと思われるかもしれない」

「たぶん彼は誰がやったのかわかっているよ」

「でも彼が恐喝者じゃなかったら？　ただの無邪気な女たらしだったら？」

「あいつはよこしまなやつだっていう気がするんだ。でも、ともかく病院に行ってみよう」

二人がイヴシャム病院に着くと、ジョンはミルセスター総合病院に移送されていた。

「行ってみた方がいいね」チャールズが言った。

二人はミルセスターまで無言で車を走らせた。

「苗字は何だった？」病院の正面に駐車するとチャールズがたずねた。

「ショーパートよ」

「わかった、じゃあ行こう」

二人は車から降りた。

「ああ、アギー」

「何？」

「われわれはなんて馬鹿だったんだ。あなたは彼の家を二度訪ねている。合法的に。だから指紋や足跡や抜け毛があったとしても説明がつくんだ。そもそも、あなたの指紋だってどうして警察にわかるんだ？」

「以前の事件で指紋をとられているの」

「でも、考えてみたらさほど問題ないよ。鍵が見つかっても放火犯が残していったと思うだろう。待ってくれ、妙だな」

「何が妙なの？」

「誰かが入ってくる音を聞いたんだね。押し入ってくる音じゃなかったんだね？」

アガサはびっくりして彼を見た。「そのとおりよ」

「じゃあ、入ってきたやつは鍵を持っていたんだよ。それに食中毒なら、大騒ぎすることじゃないだろ。たぶん彼はベッドにすわってコンタクトを入れているだろう」

「彼がコンタクトをしているとは知らなかったわ」

「アギー、あんなに不自然なほど青いんだぞ」

「それでトイレで倒れているのを見たとき目がグレーだったのね？」

「そのとおり」チャールズは彼女の腕をとった。「あなたよりもわたしの方が優秀な探偵になれそうだね」

4

二人はいっしょに病院に入っていき、受付に歩み寄った。

「ジョン・ショーパートのお見舞いに来たんですが」チャールズが言った。

受付係はカルテを調べた。「彼は集中治療室にいます。ご家族ですか？」

「姉です」アガサが言ったので、チャールズは心の中でうめいた。

「集中治療室に上がっていけば、誰かがご案内すると思います」

「どうしてあんなことを言ったんだ？」歩きながらチャールズが声をひそめて言った。

「彼の容態を知らされないまま帰りたくなかったからよ」

集中治療室の前のデスクには看護師がすわっていた。

「ミスター・ショーパートの容態をうかがいたいんですけど」アガサが言った。

「ご家族ですか？」

「姉です」

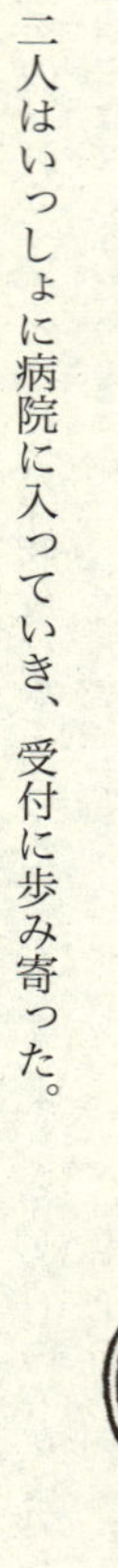

「でもそれなら警察から連絡が……本当にお気の毒です。ミスター・ショーパートは二時間前に亡くなりました」

「死因は？」

「何かの毒物です。でも、検死後でないとはっきりしたことはわかりません」

「ありがとう」アガサはチャールズの腕をつかみ、回れ右をして歩きだした。

「ちょっと待って」看護師が鋭く声をかけた。「お名前を教えていただけますか？」

「ショックで」アガサは言いつくろうと、チャールズといっしょに逃げだした。

外に出ると、チャールズは厳しい口調でたしなめた。「ますます深みにはまっているよ。きみの人相が警察に報告されるだろう」

「それは気にしないわ。誰かが彼を毒殺したにちがいないわね」

「まだ食中毒の可能性もあるよ。心臓がいかれていたのかもしれない。今後の成り行きを見守る必要があるな」

「彼の家の前を走って、どのぐらい焼け残っているか確かめましょう」

「なんだか退屈になってきたな」チャールズがぼやいた。「まあ、行ってみよう」

チャールズが運転している横で、アガサはあれこれ考えを巡らせていた。これまでの事件を解決できたのは、アガサが事件の捜査に首を突っ込んでへまをやったおかげで犯人が尻尾を出したからだ、とジェームズにキプロスで言われ、ぐさっときたことが思いだされた。いまやそれが真実のように思えてきた。しかし、これは殺人事件ではないかもしれない。いや殺人事件であってはならない。

イヴシャムのチェルトナム・ロードに着きジョンの家に近づいていくと、黒ずんだ焼け跡に警察の立ち入り禁止のテープが張られているのが見えた。速度を落として行き過ぎた。警官が疑い深そうにこちらを見たので、チャールズはあわててスピードを上げた。

「ほとんど残っていなかったね。あなたが聞いた音、ゴボゴボっていう音。あれはガソリンだったにちがいないよ」

「そうみたいね」アガサが疲れた声で言った。

「元気を出して。もはや証拠はほとんど残っていそうもないな」

「恐喝していたという証拠もね。彼が恐喝者だとしてだけど」

「わたしたちには成り行きを見守るしかできないよ」

アガサは翌日ずっと待っていたが、警官は来なかった。二日目の終わりにはリラックスし、ただの食中毒だろうと考えはじめた。そのときドアベルが鳴って飛びあがった。

ドアを開けた。ビル・ウォン部長刑事が立っていたが、その丸顔は厳しかった。隣に女性警官がいた。「入ってもよろしいですか、ミセス・レーズン？」

ミセス・レーズン。アガサと呼ばないのね。

アガサはあとずさりして二人を招じ入れた。「会えてうれしいわ、ビル」アガサはべらべらしゃべった。「コーヒーを淹れてくるわね」

「けっこうです。仕事でうかがったので」

二人をリビングに通した。彼らは並んでソファにすわった。アガサは暖炉の黒ずんだ燃えかすの前にすばやく火よけついたてを置いた。掃除をしておくのをうっかり忘れていたのだ。

アガサは二人の向かいの椅子に不安な気持ちで腰をおろした。

「ミスター・ジョン・ショーパートは知っていますね？」ビルが口火を切った。

「ええ。担当してもらっている美容師よ」

「それ以上のおつきあいは？」

「そうね、友人同士よ。二度食事をしたわ」

彼の目つきはよそよそしかった。「最初から始めましょう。彼の具合が悪くなったとき店にいたお客のリストにあなたは入っていますね」

「ええ」

「そして、あなたの人相に合致する女性がミルセスター総合病院の集中治療室を訪ねています。姉だと名乗って」

一瞬嘘をつこうかと思ったが、やめておくことにした。

「ええ、そうよ。何が起きたのか知りたかったの。どうしてこの事件を担当しているの、ビル？　ウスター警察本部が担当のはずでしょ」

「ウスターでは助っ人を求めていて、あなたがグロスターシャーに住んでいるので、供述をとる仕事がぼくに回ってきたんです。家族だと名乗ったことで、深刻なトラブルになる可能性がありますよ」

「どういうことなの？」アガサは怒りに顔を紅潮させて問いつめた。「彼に何があったの？　食中毒だと思っていたわ」

「リシン」

「それ、何なの？」

「トウゴマからとれる毒です。ジョン・ショーパートは殺されたんです。そしてリシンの毒について研究してきた頭の切れる病理医がいなかったら、まだ死因がわからなかったところだ。ですから、落ち着いて、知っていることをすべて話してください」

アガサは大部分の真実を話そうと決心したが、ジョンの家が放火されたときにその場にいたことは省くことにした。

「実はね、彼が恐喝をしているという噂を聞いたものだから、もっとよく彼を知って、真相を突き止めようとしたの」

「それで、どうして彼が恐喝者だと考えたんですか？」

「ただの勘。女性たちがサロンでプライベートなことを彼にぺらぺらしゃべっていたし、女性といっしょのところを二度見かけたけど、どちらの女性もつらそうで怯えているように見えたの」

「名前は？」

アガサは必死になって頭を回転させた。これだけ守ろうとしていたのに、いまさらミセス・フレンドリーを裏切れなかった。

「一人はサロンで見かけた顔だった。名前はマギーだと思うわ。あそこでは全員名前で呼ばれているの」

「外見は？」

「ええと、ありふれた茶色の髪、ちょっと出目気味の目。最初に美容院に行ったときにもいたわ。夫が彼女を理解してくれないとかなんとか愚痴を言っていた。そのあと友人と川で船に乗っていたら、橋の手前のティーガーデンにジョンとすわっていて、とても暗い顔をしているのを見かけたの」

「それだけでは彼を恐喝者だと考えた理由の説明にはなりませんよ。というか、そう思ったのなら、どうして彼といっしょにビジネスをする気になったんですか？」

アガサは真っ赤になった。「どこでそれを聞いたの？」

「彼がアシスタントのギャリーに話したんです」

「彼に調子を合わせていたのよ。本性を現すんじゃないかと期待して」

「だとしても、どうして彼が恐喝者だという結論に飛びついたのかわかりませんね」

「ただの直感よ」アガサはやけくそになって言った。「あのね、ある晩、彼とレストランで食事をしていたのよ。そして帰り際に、ある女性が彼を見つけて、恐怖をありありと顔に浮かべていたの」

「どの女性ですか？」

「見知らぬ人だったわ」アガサは嘘をついた。

「外見は？」

「小柄でフェレットみたいな顔。黒髪。眼鏡」アガサはせっぱつまって並べ立てた。

「ふうむ。病院に付き添って行った男性の友人は誰なんですか？」

「チャールズよ。サー・チャールズ・フレイス」

ビルは携帯電話をとりだした。「電話番号は？」

「暗記していないわ」

「じゃあ、電話帳を持ってきてください」

アガサはビルより先にチャールズと話をしたかった。廊下に出ると電話帳をとりだした。玄関のドアは開いたままだったので、電話帳を生け垣の向こうに放り投げた。

アガサは部屋に戻っていった。「見つからなかったわ」

ビルは皮肉っぽい目つきで彼女をじろっと見ると、番号案内にかけてチャールズの番号を調べ、ダイヤルした。そのわきでアガサはチャールズがどうか留守をしていますように、と祈っていた。しかしビルが「サー・チャールズ、われわれはミセス・レーズンといっしょにいます」と言ったので、がっかりした。「こちらに来ていただけないかと思っているんですが。ぜひおたずねしたいことがいくつかあるんです。よかった。ではのちほど」

パタパタ廊下を歩く音がして、ミセス・ダリが犬といっしょに部屋に入ってきた。片手に電話帳を握っている。「まったくもう、あきれるわね、ミセス・レーズン。電話帳を処分したいならゴミ箱に入れるべきでしょ」

「何の話をしているのかしら？」

「もう少しでうちのわんちゃんにこれが当たりそうになったのよ。生け垣越しに投げたでしょ」

アガサは彼女の手から電話帳をひったくった。「悪いけど帰っていただけない？忙しいの」

ミセス・ダリは興味しんしんで目をぎらつかせた。

ビルが立ち上がって言った。「ええ、これは個人的な話なので、よろしければ……」

ミセス・ダリは帰っていったが、そのやせた肩からは満たされなかった好奇心が発散されているかのようだった。

「では、ジョン・ショーパートが殺害された日に戻りましょう」ビルが言った。「そのときのことを話してください」

恐喝についての質問からとりあえず逃れられたのでほっとして、アガサは彼がどんなふうに気分が悪くなりトイレに駆けこんだか、サロンの全員がぞっとする嘔吐の音を耳にしたこと、工具箱を持ってこさせアガサがトイレのドアの鍵を壊し、床に倒れている美容師を発見したことについて語った。

「食中毒だと思ったの。他に考えようがないでしょ？　前の晩は彼の家で中華料理を食べたけど……」

「では死ぬ前の晩にいっしょにいたんですね。どうして顔にあざができたのか知っていますか？」

「ああ、そのこと。その前にも彼の家に行ったの。サロンで彼が病気だと聞いたので、住所を調べて行ってみたのよ。自動車事故にあったけど、警察には通報していないと言ってたわ。シートベルトを締めていなかったのでフロントウィンドウにぶつかったって。だけど帰るときに彼の車が家のわきに停めてあって、傷ひとつないことに気づいた。それでどこかの嫉妬に狂った夫に殴られたんじゃないかって推測したわけ」

「どうしてそう考えたんですか？」

「ああ、マギーっていうお客といっしょのところを見たし、次にわたしに迫ってきたから。いつも女性に言い寄っているんじゃないかと思ったの」

「殺人事件の日に彼の家が燃えたことを知っていますか？」

「ええ、誰かから聞いたわ」アガサは嘘をついた。「誰かは忘れちゃったけど」

「放火だったんです。何者かがガソリンをまいて火をつけたんです」

「犯人を目撃した人はいないの？」

「残念ながら周囲のヴィラの住人たちはみんな働いていたし、少数の例外の家にいた人々は何も見ていませんでした」

アガサは昼までのぼってきた安堵の吐息をこらえた。

ビルはアガサをまじまじと見つめた。「そのことと何か関係があるんですか、それとも何か知っているんですか？」

嘘だらけだわ、とアガサはうんざりしながら思った。「いいえ」

「その件はとりあえずおいておき、サロンで起きたことに戻りましょう」

アガサは起きたことをもう一度詳しく話した。そのとき外で車の停まる音が聞こえた。チャールズ！　彼は何を話すつもりなのかしら？

チャールズが威勢よく入ってきた。「やあ、ビル。どういうことなんだ？　容疑者の尋問？」

「おすわりください、サー・チャールズ」

「正式なものかい？　わかった、あのいまいましい美容師のことだね。殺されたんだろう？」

「ええ」

「どんなふうに」

「リシンによる毒殺です」

「リシン？　実に変わってるな。七〇年代にロンドンのBBCで働いていたブルガリア人の亡命者が殺されたときの毒だよ。マルコフ。たしかそういう名前だった。スパイ小説みたいだったんだ、アギー。傘で脚を突き刺され、リシンを体に注入されてね。金属ペレットが脚に埋め込まれていたらしい。たしか、リシンは検出するのが不可能で、解毒剤がないって聞いた記憶があるぞ。どうやってわかったんだ？」

「偶然にも病理医がマルコフ事件にのめりこんでいて、事件に関するありとあらゆる医学的記事を読んでいたんです。わずか直径一・七七ミリの小さなプラチナ製の球体にリシンを浸みださせる〇・三五ミリの小さな穴をふたつ空けたそうです。現在はスコットランドヤードの犯罪博物館におさめられています」

「同じことがこの美容師にも行われた？」

「いいえ、彼はリシンを飲みこんだようですね。ゼラチンの残滓（ざんし）がありました。錠剤か何かに仕込まれたと考えています」

「ライフェクス」アガサがいきなり言った。

「何ですか？」ビルが問いつめた。

「ビタミン剤よ。薬瓶を見せてくれたわ。マルチビタミンだって。サロンにも瓶を置いてあると言ってた。大きくてゼラチンにくるまれていたわ」

「これで何か手がかりをつかめそうです」ビルが熱心に言った。「そのことを電話して伝えてきます」

ビルは携帯電話を手に廊下に出ていった。アガサはチャールズにしゃべりすぎないようにと警告したかったが、大柄でがっちりした女性の警官が珍種の生き物でもあるかのように二人をじろじろ観察していた。

ビルが戻ってきてソファにすわった。

「お知らせしておきますが、ウスター警察本部のジョン・ブラッジ警部補があなたたちに会いにやって来ます」

アガサはうめいた。「知っていることはもうすべて話したわよ」

ビルは彼女を無視してチャールズに視線を向けた。

「さて、サー・チャールズ、あなたはこの件にどう関わっているんですか？　ジョン・ショーパートは恐喝者だという印象を受けましたか？」

「その考えは最初にアギーから聞かされたんだ。わたしは真相を探りだしたらおもしろそうだと思って、アギーをけしかけた。彼とディナーに出かけ、ジェームズ・レイシーが帰ってくるので、わたしたちのことが知られるのではないかと恐れていると話すように勧めた。それで、彼女はすべてを録音する。彼がレイシーに黙っていてやるから金を寄越せとか言いだすんじゃないかと期待していたんだ。でも、うまくいかなかった」

「どうなったんですか？」

「アギーの作り話に信憑性を与えるために、わたしは二人がレストランから帰ってくるのをここで待っていて、嫉妬深い愛人を演じた。不運にもちょっとやりすぎてね。アギーの腕をつかんだ拍子にハンドバッグが飛んでいって、テープレコーダーが落ちて彼に見られてしまったんだ」

「彼は何か言いましたか？」

「ええと、こんなふうに言ったと思う。『あなたのものですね』陰険な感じでおもしろがっていたが、わたしはあとでアギーに説明したんだ。たくさんの人間がこの小さな機械を持ち歩いているって」

「だが彼はミセス・レーズンにいっしょに商売をしようと持ちかけた。つまり、あなたに疑われているとは思っていなかったわけだ」

「そうね」しぶしぶアガサは認めた。「それはわたしが彼に夢中になっていると信じこませたせいよ」

ビルは椅子に寄りかかった。「もう一度たずねなくてはなりません。二人とも彼が恐喝者だと考え続けた理由は？」

「フェレットみたいな顔をした女性を見かけたと、ビルに話したわ。ジョンとわたしでレストランを出るときにね。彼女は蒼白になって怯えていた」アガサはミセス・フレンドリーのことはビルにばらさないようにと、チャールズに目顔で伝えながら言った。

「ああ、そのことならすべて説明できるよ」チャールズがのんきに言いだした。アガサは内心でうめいた。

「退屈していたんだ」チャールズは言った。

「なんですって？」ビルが叫んだ。

「退屈。アンニュイ。うんざり。興味ゼロ。だから、アギーがふざけ半分で彼は恐喝者だと言いだしたとき、わたしはそれに乗り、彼女をけしかけた。すべてお楽しみのためさ」

「そして、いまや彼は死んだ。殺されたんです」ビルが感情を押し殺した声で言った。

「となると、結局のところ何か後ろ暗いことに手を染めていたにちがいない。それを見つけるのはきみの仕事だ。ただし、われわれはまったく関係がないよ」

「あなたは病院にいらっしゃいましたね、サー・チャールズ。こちらのミセス・レーズンといっしょに。彼女は故人の姉だと名乗った。彼女はあなたがこちらに来る前に、ショーパートの家が焼かれたことを誰かから聞いたと言っていますが、殺人事件のあった夜、あなたの車がゆっくりと家の前を通過するのが目撃されているんです」

「彼がどんなところに住んでいるのか興味があったんだ」チャールズは平然として答えた。

「わかりました。いくつかの点について、もう一度確認させてください。その怯えた女性を見かけたときはどのレストランにいたんですか？」

「ブロックリーのクラウン・インに併設されたレストランよ」

「彼が亡くなる前の晩に中華料理をいっしょに食べたと言ってましたね。どのレストランですか？」

「彼が出前をとったの。どこの店かは覚えてないわ」

「ロンドンで始めるつもりだったビジネスについてですが。アシスタントのギャリーによると、ジョン・ショーパートはあなたが自分に夢中になっているので資金はすべて出してくれると考えていたらしい」

アガサの顔は屈辱のあまり濃い赤に染まった。

「いい演技をしたんだね、アギー」チャールズが言った。「あなたが本気で自分に夢中になっていると信じたにちがいない」

「ああ、そうですね、演技だと言ってましたね」ビルが言った。「今のところは以上です。お二人ともいずれ正式な供述をとらせてください」

「いつウスター警察本部が訪ねてくるの？」アガサはたずねた。

「もうじきです」

「じゃあ、ここにいた方がよさそうだ」チャールズが陽気に言った。「そうすれば二人いっしょに片づけてもらえるからね」

アガサは立ち上がってビルと女性警官を送りにいった。緊張のあまり脚がこわばっていた。

「またご連絡します、ミセス・レーズン」拒絶されて傷ついているアガサの表情を見ないようにしながら、ビルは言った。

アガサはビルにうなずくとドアを閉め、リビングのチャールズのところに戻るなり、わっと泣きだした。

ビルはパトカーに乗りこみハンドルを握った。女性警官は助手席にすわった。ビルがアガサにこれほど冷たくよそよそしかったのはミルセスター警察の災いのもとと呼ばれている、詮索好きのクリスティーンといっしょだったからだ。彼女は同僚の弱点を見つけては、聞いてくれる相手なら誰彼かまわずそれをしゃべり散らすことを趣味にしていた。

さっきミルセスターを出発したときに彼女が最初に発した言葉は「あなた、このアガサ・レーズンと友人だっていう噂ね」だった。

そこで、死人の姉のふりをしたことでアガサはやっかいなことになりそうだったし、自分がアガサにやさしい態度をとったら、あら探しをしているクリスティーンに上司に報告されるとビルは悟ったので、さりげなくこう答えたのだった。「別の事件で何度か会っただけだよ」

「彼女のご主人は殺されたんでしょ？」

「うん、ぼくはその事件を担当したんだ」

アガサとチャールズに話を聞いた帰り道、クリスティーンは毒のこもった口調で言った。「あの二人は金持ちののらくら者のカップルってだけじゃなくて、探偵ごっこをして楽しんでいるのね」

「そのとおりだ」ビルは愛想よく言った。運がよければ、ショーパートの姉のふりをしたことは厳重注意されるだけですむだろう。彼が少しでもアガサに特別な好意を示せば、クリスティーンはそれについて言いふらすにちがいない。それがウスターまで広まったら、警察はえこひいきをしないということを示すために、アガサを罰しなければならないと考えるかもしれなかった。

「ねえ落ち着いて、アギー」チャールズはなだめた。「あなたの疑いは晴れたんじゃないかな。彼が殺されたあとで家に入っていったのは、誰にも目撃されていないんだから」

アガサは涙をふくと洟をかんだ。「ビルのせいなの。初めての友だちなのに、もうわたしを見捨てたから」

アガサは暖炉の燃えがらを片づけゴミ袋に入れると、庭に走りでていき、それをジェームズの庭に放り投げた。それからチャールズのところに戻ってきた。

「たぶんあの雌牛みたいな女性警官の前だから堅苦しくふるまわなくちゃならなかったんだよ。自信を持って。おや、一団がやって来たようだぞ」

ジョン・ブラッジ警部補は黒髪でほっそりした顔つきの知的な男性だった。警部補は部長刑事とヒラの刑事ばかりか、二人の警官と捜索令状までたずさえていた。

アガサとチャールズがもう一度話を繰り返させられているあいだ、警察官がコテージを歩き回って引き出し、戸棚、ありとあらゆる場所を調べている物音が聞こえた。不安というよりもいらだたしかった。アガサは何ひとつ隠すものなどなかったから。美容師との会話もテープレコーダーから消去してあった。

ひとつほっと胸をなでおろしたのは、チェストナム・ロードのヴィラが焼け落ちた日、家に入るところを誰にも目撃されていなかったことだ。

長い質問が終わりに近づきかけたとき、ヒラ刑事が入ってきて無言でレシートをブラッジに手渡した。アガサは身を硬くして、チャールズに動揺した視線を向けた。例のカフスボタンを買ったアスプレイのレシートだった。だがアガサはほっと肩の力を抜いた。チャールズのために買ったと言えばいいし、チャールズは機転がきくから話を合わせてくれるだろう。

ブラッジはレシートを手に廊下に出ていった。電話でしゃべっているのが聞こえてきたが、言葉までは聞き分けられなかった。

ブラッジは戻ってきてすわった。

「非常に高価なカフスボタンのレシートです、ミセス・レーズン。純金のカフスボタンですな」

「ええ」アガサはあっさりと答えた。「ここにいるチャールズへのプレゼントとして買ったんです」

ブラッジは数秒ほどアガサをじっと見つめてから口を開いた。「ショーパートの焼け残ったリビングの一部から、アスプレイの金のカフスボタンが入っている箱が見つかったんです。あなたはショーパートのために買ったんだと思いますが、ミセス・レーズン。簡単にチェックはできますから、否定してもむだですよ」

「チャールズに買ったのよ」アガサは主張した。

「その証拠を出せますか？」

「むだだよ、アギー」チャールズが口をはさんだ。「理由もないのにどうして嘘をつくんだ？　ショーパートに近づくために高価なプレゼントをするといいって、わたしが勧めたんだ」

「なぜ？」

「話したでしょう。ゲームだったんだ。彼は何か後ろ暗いことをやっているにちがいないとにらんだんです」

「金のかかるゲームだ。あなたたち二人はこの美容師について探りだそうとした。なぜなら退屈していたから。とうてい信じられない話だ。あなたは最初に嘘をついた、ミセス・レーズン。しかしサー・チャールズはあなたには何も隠すことがないと言っている。それはきわめて疑わしいですね。明日ミルセスター警察に来て、供述書にサインしていただきたい。この捜査が終わるまで、海外には行かないでください」

「嘘をついたことは謝ります」アガサは言った。「だけど、あんな大金を彼のために使ったことが恥ずかしかったんです。それに、彼が殺されるなんて思いもしなかったし」

「あまり説得力はないが。わたしはまだグロスター警察の報告書を読んでいないんです。彼らにも嘘をついていないことを祈りますよ」

ヴィラが燃え落ちたことを誰かから聞いたと話したことを思いだした。でもチャールズの車が目撃されているのだ。アガサは内心でうめいた。

「いくつかのものを押収します」ブラッジは言った。警官がビタミン剤とアスピリンの薬瓶をいくつか見せた。「この品の受け取り証を渡しましょう」

警察がひきあげると、アガサはチャールズに言った。「ひどい目にあったわ」

「おなか、すいてる?」

「いいえ、あまり」

「〈レッド・ライオン〉に行ってサンドウィッチを食べよう」

「いいわよ。着替えるのでちょっと時間をちょうだい。汗だくになっている気がするから」

アガサはバスルームに行って手早くシャワーを浴び、きれいなブラウスとスカートに着替えた。

窓の外に目をやった。チャールズが庭で猫たちと遊んでいた。アルミホイルで作ったボールを宙に投げてやると、猫たちはそれをつかまえようとジャンプしている。あの人には心配事ってあるのかしら？　ないなら、ちょうどいいのかも。わたしの方はコッツウォルズじゅうの人間に配っても余るぐらいの心配事を抱えているから。

〈レッド・ライオン〉の店内は煙草臭くて薄暗かった。暖炉に火がたかれ、灰色の煙がもくもく立ちのぼり、梁が走る天井の低い部屋じゅうに漂っている。ジントニックとハムサンドウィッチを注文すると、店の隅に腰を落ち着けた。

「これからどうするの？」アガサがたずねた。

「このまま続けていこう。とりあえず、フレンドリーっていう女性が一人きりでいるときに会う必要があるな」

「でも、どうやって？」

「わたしを泊めてくれたら二人で彼女の家を見張って、ミスター・フレンドリーが出かけるのを待つんだ」

「目立たないようにそんなことができる？」

「コテージは教会墓地の向かいだ。あなたは墓石を案内してくれればいい。わたしは歴史家っていう触れ込みにして、メモをとる。夫が家を出なくても、彼女は買い物に行くだろう。そこをつかまえてもいいね。それから図書館に行きリシンについて調べる。この国ではキューガーデン以外でトウゴマを栽培しているのかな？　していないなら、容疑者は最近海外に行ったんだろうか？」

「まだ容疑者の目星はついていないと思ったけど」

「目を覚ましてくれ！　容疑者なら、もちろんいるじゃないか。毛深いミスター・フレンドリーだ。マギーっていう女もいる。この二人から始めよう」

「明日の朝はフレンドリー家を見張れないわ。ミルセスターに行かなくちゃならないから」

「じゃあ行くしかない。調査はそのあとからだ」

「ビルの態度がまだショックで」アガサは嘆いた。「とっても傷ついたわ。そもそも休暇だったのに電話をくれなかった。さらに事情聴取では、わたしが第一容疑者みたいな態度をとった」

「彼に電話してみたら？　電話番号は知っているんだろう」

「したくないわ」アガサはぼそっとつぶやいた。

「あなたのかわいげのない性格のせいで、彼が去ったんじゃないかと怖いんだね。だから、みじめでいる方がましだと思っているんだろう。じゃ、こうしよう。わたしは家に帰って荷物を詰めてくる。しばらく、あなたのところに泊まることにするよ」

アガサは笑みを浮かべた。「冗談はやめて」

「冗談なんて言ったことあるかな？　じゃ、またあとで、アギー」

チャールズは出ていった。彼女はお酒を飲み干すと、家に帰らずに牧師館まで歩いていきベルを鳴らした。

「くそっ！」牧師の不敬な言葉が聞こえた。「またあの女だ」

「罰当たりなことを言わないで、アルフ。どうぞお説教に専念してちょうだい」ミセス・ブロクスビーの穏やかな声がした。

「いつもタイミングの悪いときに訪ねてしまうみたいね」ミセス・ブロクスビーがドアを開けると、アガサは申し訳なさそうに謝った。

「アルフのことは気にしないで。誰に対してもああなのよ。牧師にしては非社交的だっていつも注意しているんだけど。どうぞ入ってちょうだい」

「本当にいいのかしら……」

「もちろん。お茶？　コーヒー？」

「コーヒーをいただけたらうれしいわ」

「キッチンにどうぞ」

キッチンは暖かくて居心地がよかった。ドライハーブの束が天井からぶらさがり、古い石壁には磨かれた銅鍋がずらっとかけられている。「ちょうどコーヒーを淹れたところ」ミセス・ブロクスビーはふたつのマグにコーヒーを注いだ。

アガサは言った。「庭に持って行かない？　そうすれば良心がとがめずに煙草を吸えるし」

「いいですとも。でも寒すぎないといいけど。天候が崩れてから、すっかり寒くなったから」

二人が腰を落ち着けると、ミセス・ブロクスビーは言った。「ねえ、警察があなたのコテージに行ったことも、それがあの美容師のせいだってことも知ってるわ。彼を推薦しなければよかったと思ってる。あれは殺人だったの？」

アガサは自分がしたことと、しなかったことを洗いざらいしゃべった。暗闇で影のように見える大きなメンフクロウが二人の頭上をさっと飛んでいき、周囲の木々で眠そうな鳥たちがものうげにチュンチュン鳴いた。

「わたしはとても馬鹿だったわ」アガサは話し終えると言った。

「ミセス・フレンドリーのために努力したことは、高潔でりっぱだと思うわ。彼女と話した方がいいかもしれないわね。警察に何か見つけられるんじゃないかって、きっと死ぬほど怯えているでしょうから」

「じゃあ、やっぱり彼女は恐喝された被害者の一人かもしれないって思うのね！」

「ふと思っただけ」

「ミスター・フレンドリーは出かけるの？　つまり彼女が一人きりになるときってあるの？」

「午後二時から五時まで毎日のようにゴルフをしているわよ」

「ありがとう。もうあまり自分が馬鹿だと感じなくなったわ」

「そのあいだ、わたしはマギーっていう女性について聞いて回るわね。あなたから聞いた外見の説明をつけて。牧師の妻の利点は、人々についてあれこれ質問しても、誰にもおかしいって思われないことね」

「そろそろ帰るわね。チャールズがもうすぐ戻ってくるから。しばらくうちに泊まるの。でも、わかるでしょ、そういうつもりじゃ……」

ミセス・ブロクスビーは笑った。「あら、どうぞ帰って。それからビル・ウォンに電話してね。きっと何か理由があるにちがいないわ」

「で、何があったんだい？」アガサがドアを開けると、チャールズがたずねた。「すっかり冷静になってにこにこしている。抗うつ剤(プロサック)でも飲んだのかな？」

「ミセス・ブロクスビーに会ってきたのよ」

「ああ、懺悔は魂に安らぎを与えてくれるからね」

アガサは彼を予備の寝室に案内した。

「荷物を片づけているあいだに、わたしは電話をかけてくるわ」

アガサはキッチンの子機からビル・ウォンの自宅の電話番号にかけた。感じの悪い母親が電話に出ませんようにと祈った。ビルの声が聞こえてきたので、ほっと胸をなでおろした。「ビル、アガサよ」

「ああ」

「ビル、何があったの？　休暇だというのに電話もくれなくて」

彼の声はおもしろがっているようだったので、アガサはほっとした。「電話はどっちからもかけられますよ、アガサ」

「休暇で旅行にでも出かけていると思ってたのよ。チャールズからミルセスターで見かけたと聞くまでは」

「つらいロマンスがあってね」

「それに、今日の態度はどういうこと？ まるで犯罪者扱いだった」

「しょうがなかったんです。詮索好きのクリスティーンがいっしょだったし、すでにあなたのせいでぼくは困った立場になっているんです、アガサ」

「どうして？」

「チャールズといっしょにヴィラの前を走りすぎた件で、あなたが嘘をついたことを報告書に書かなかったんです。どうしてそんな嘘をついたのか、わけがわかりませんよ」

「混乱していたの」

「ともあれ、詮索好きのクリスティーンがなぜか、ぼくの報告書を手に入れて、ウィルクス警部に抜けがあることを指摘したんです。おかげで、えこひいきの危険についてお説教を食らいました。おまけにチャールズの電話番号を知らないふりをして、生け垣越しに電話帳を放り投げましたね。そのことも報告書から省いたんです。その省略についてもクリスティーンに指摘されました」

「まあ、そうだったの、ごめんなさい。あなたが冷たかったし、素人探偵ごっこをしたことで罪悪感を覚えていたの」

「ぼくはあなたのことをよく知ってますからね、アガサ。だからあなたが火事については誰かから聞いたって言ったとき、嘘をついていることに賭けてもいいと思いました」

「でも、嘘じゃないのよ」アガサは熱くなって言い張った。放火されたときに家の中にいたとビルに白状したら、彼はアガサのことを報告せざるをえなくなり、おそらく放火罪か、警察の捜査妨害か何かで罪をきせられるにちがいないとわかっていた。

「連絡は絶やさずにいて、何か忘れていたことを思いだしたら教えてください。余計なことをして、過去の事件のときみたいに殺されかけないようにしてくださいよ。それから、ウスター警察は非常にやり手だってことを忘れないようにね」

「わたしがいなかったら解決できなかった事件だってあるわ」アガサは憤慨して反論した。

「何度も何度も言ってるでしょう。警察はいずれ真相にたどり着いたって。のんびりとリラックスしてください。何か趣味を持つといい」

「ずいぶんえらそうな言い方ね」

「あなたを助けようとして困った羽目になったので不機嫌なんです」

「悪かったわ」

「またそのうち会いましょう、アガサ」

「そうね。で、そのロマンスはどうなったの？」

「暗礁に乗りあげました。何が起きたのかさっぱりわかりませんよ」

「彼女をご両親に会わせるために家に連れていったの？」さりげなさを装ってアガサはたずねた。

「ええ、それでもだめになりました」

かわいそうなビル、アガサは思った。ウォン夫妻と会ったら、どんな女性でも怯えて逃げてしまうにちがいない。しかしビルは両親を敬愛しているので、少しでも両親のことをけなしたら彼を深く傷つけてしまうことになるだろう。

「リシンって妙な毒よね？」

「それほど妙ってわけじゃない。でも殺人犯は逃げおおせたかもしれないですね。検出が非常にむずかしいんです。ほとんど不可能に近い」

「つまり、かなり世慣れた殺人犯ってことね。村のありふれた主婦が使うような毒じゃないわけね」

「どうしてそんなことを言うんですか？」彼の声は緊張した。「村のありふれた主婦って、誰かを思い浮かべているんですか？」

「いいえ、別に。たんに変わった毒だって言いたかっただけ」

「ふーん、そうですか」疑わしげな口調。「あなたはいろいろ隠しているんじゃないかって気がします」

アガサはどうにか軽く笑い飛ばしてみせた。「何もかもあなたに話しているわけじゃないってこと？」

「ええ、いつもそうだ」

「近いうちに飲みながらお食事しましょう、ビル」

「ええ。用心してくださいよ。じゃまた」

アガサは受話器を置いた。二人がまだ友人だとわかってほっとする代わりに、ビルに嘘をついたことで不安になりうしろめたく感じていた。

翌日アガサとチャールズはミルセスター警察本部で供述をとられた。へとへとに疲れるやりとりから解放されて外に出てくると、やわらかな日差しに目をしばたたいた。いい天気が戻ってきた。しかし、苛烈な暑さがなくなると、空気にはさわやかな秋の気配が漂っていた。

「まだ午前中だ」チャールズが言った。「少なくともまだあなたは自由の身だ。それに逮捕もされていない。これは奇跡だな。で、これからどうする？　ミセス・フレンドリーと対決する？」

「ちょっと早すぎるわ。毛むくじゃらの夫は午後までゴルフに行かないから」

「じゃあ、図書館に行って、リシンについて調べよう」

ミルセスター図書館は暗くて静かで、大理石の柱が立ち並ぶヴィクトリア朝時代の大きな建物だった。アガサのハイヒールの足音が大理石の床でカツカツと響いた。

「どこから始める？」彼女はささやいた。

「百科事典を調べよう」

二人は参考図書の書棚を探した。「ここにあった」チャールズが言った。「リシン（ricin）のR」

彼はページを繰っていった。「何も書いていないな」

「毒物（poison）のPを試してみて」アガサが提案した。

「あなたの言うとおりだ。なになに。ああ、毒のある植物なんだ。ほら、これを見てくれ、アギー。『トウゴマ。リシヌス・コムニス。トウダイグサ科の大きな植物で、薬剤や工業用のオイルとして、または美しい巨大な深裂した掌状の葉（シダのようなのせいで造園用として商業的に栽培されている。割れやすいブロンズ色や赤色の実は魅力的だが、熟す前にしばしば除去される。なぜなら毒であるリシンがまだらの豆のような種子の中に含まれているからだ。おそらくアフリカ原産で――』」

「じゃあイヴシャムにはないわね。残念」アガサはさえぎった。

「いいからよく聞いて学びたまえ」チャールズは厳しく言った。「『おそらくアフリカ原産で、この植物は熱帯じゅうで自生するようになった。おもにインドとブラジルでオイルを採取するために栽培されている』なるほど、ここだ！『温帯地方の気候では一年草として育ち、一シーズンで四十五センチから七十五センチぐらいまで生長する』ほらね！ここは温帯の気候だ。ゆえに、あとはあちこちの庭を探してみればいいってことだ」

彼は別のページをめくった。「ここにリシン中毒の症状が出ているよ。『口、喉、胃の焼けつくような痛み。嘔吐、下痢、腹痛、目のかすみ、呼吸困難、麻痺、死』」

アガサは身震いをこらえた。「なんて死に方かしら！食事をしてから、ミセス・

フレンドリーが一人でいるかどうか確かめに行きましょう」

その日の午後二時に、彼らはアガサのコテージの外に車を停め、歩いて教会に向かった。「墓地のあいだを歩き回ろう」チャールズが言った。「わたしは物知り顔でメモをとるから、あなたは歴史について説明しているみたいにべらべらしゃべっていてくれ。この墓石を見て。五人の子どもだ。とても若くして亡くなっている。なのに古きよき時代のことが記されているとは。みんなどうして古きよき時代のことを持ちだすんだろうね、アギー？」

「郷愁でしょ。人がちゃんとした子ども時代を送ると、毎日が晴れているように感じられた時代を思いだすものなのよ。仕事や請求書の支払いなどの責任もなく、大人は全知全能のすぐれた巨人だった時代。滑稽よね、それって。わたしの場合、最近の過去でも役に立ってるわ。憂鬱になって物事がうまくいかないときは、ロンドン時代を思いだして、なんてすばらしい時を過ごしていたのだろうと思う。実際にはすばらしい時なんて過ごしていなかったのに」アガサは眉をひそめて考えこんだ。「いくつになっても、人は目標を持つべきなのよね。学ばなくちゃならないのよ。え、何？」

チャールズが声を抑えて叫んだのだ。「ミスター・フレンドリーが車で出ていくのが見えたぞ」

「あと数分待ちましょう。あらゆることに用心深くなっているの。もう警察に任せたらどうかしら？」

「この殺人事件を解決することがあなたの目標だよ、アギー。あちこちでいくつか質問をして、どうなるか様子を見る。退屈になったら、やめればいいんだ」

「あなたにとってはただのゲームなのね！」

チャールズは肩をすくめた。「いけないかい？　この殺人騒動をあまり深刻に考えすぎると頭がどうかしちゃうぞ。さあ、ミセス・フレンドリーに会いに行こう」

リザ・フレンドリーは彼らを家に入れたくない様子だった。

「ほんの数分でいいのよ」アガサが頼みこんだ。

「それならけっこうだけど、いろいろやることがあるのよ」

二人は小さな暗いリビングにすわった。ミセス・フレンドリーはお茶もコーヒーも勧めず、二人と向かい合って椅子の端に腰かけ、膝の上で両手を組んだ。

アガサはすぐに本題に入ることにした。「あの美容師だけど、イヴシャムのミスター・ジョンが亡くなったの……殺されたのよ」

「食中毒だったんでしょ！」ミセス・フレンドリーは逃げ道を探すかのようにあちこ

ちに目を向けた。

「今朝の新聞に出ているわ」アガサは言った。彼女とチャールズはミルセスターからの帰り道に新聞を買ったのだ。

彼女は膝の上の両手を不安そうにもみしぼった。「わたしは新聞を読まないの」

しかし、二人に質問されているのを彼女が不思議に思っていないことにアガサは気づいていた。

「ミスター・ジョンを知っていたでしょ」アガサは質問というよりも事実を述べるように言った。

「ええ、あの美容院に何度か行ったことがあるから。でも、不要な出費だったわ。髪ぐらい自分でセットできるから」

だから、そんなヘアスタイルなのね、とアガサはぶしつけに思った。

アガサは深呼吸した。「それで、いつから彼に恐喝されていたの？」

ミセス・フレンドリーはぱっと立ち上がった。「出ていって！」彼女は叫んだ。「わたしの家から出ていってちょうだい」

「すわりたまえ」チャールズが静かに命じた。「警察には言ってないんだ。アギーは大変な苦労をしてその証拠をつぶしたからね」

いきなりミセス・フレンドリーはすわりこんだ。まるで脚に力が入らなくなったかのように。彼女はかすれた声でつぶやいた。「主人に見つかったら、殺されるわ」

「何をしたか警察にばれたら、わたしはあなた以上にやっかいなことになるでしょうね」アガサはミセス・フレンドリーを巻きこみかねない証拠を手に入れるために、美容師の家に行ったことを話した。

「だから、わかるでしょ」アガサはしめくくった。「わたしたちを助けることはあなたの利益にもなるのよ。真犯人を見つけなくちゃならないの」

長い沈黙が続いた。ああ、急いで、とアガサは思った。あなたの夫が忘れ物でもして戻ってきたらどうするの？

そのときリザ・フレンドリーがため息をついた。「わたし、彼にのぼせていたの。彼のおかげで自分が魅力的だと思えたから。最初はときどき会ってコーヒーを飲んでいた。そのうち何カ月かしたら、ボブが学生時代の古い友だちとスコットランドにゴルフをしに行った。わたしたちはディナーに出かけ、彼の家に帰った」

彼女は黙りこんだ。「彼と寝たのね」アガサがうながした。

「ええ」

「それからどうなったの？」

「彼はわたしが自分のお金を持っていることを知った。母が遺言でいくらか遺してくれて、わたしの名義で別の銀行口座に入れてあったの。その一夜のあと、彼は電話をしてこなくなり、連絡が途絶えた。何度か美容院に行ったけど、いつも別の人を担当につけた。わたしは必死だった。彼を愛していた。ボブを捨てて、ジョンと駆け落ちしてもいいとさえ思った。何通か手紙を書いて二人の愛を思いだして、と訴えかけた。そうしたら電話をくれて、閉店後にお店で会うことになったの。ジョンは手紙をとりだして、支払いをしなければその手紙を主人に送るって言った。ボブはひどい癇癪（かんしゃく）持ちなの。ジョンは五千ポンドを求めた。それだけもらえれば充分だから、手紙は返すって。だから支払ったのよ」

アガサは同情をこめて彼女を見た。「だけど手紙は返してもらえなかった。さらにお金を要求された」

リザはうなずいた。

「彼にもっとお金を渡したの？」

「待ってほしいと言った。時間が必要だって。そのとき彼が死んだと聞いて、地獄から逃げだせたと思ってほっとしたわ」

アガサは汚らしいコテージを見回した。「自分のお金があって、ご主人にもお金があるなら、どうしてこんな狭いところに住んでいるの？」

「ボブは年をとったときのためにたくさんお金を貯めておくべきだ、っていう考え方なの。老人ホームはとても費用がかかるから」

「ご主人があなたの言うようにいばっているなら、あなたのお金を共有口座に入れろと言わないのが不思議ね」

「そういう口座はないから。母が亡くなるまで、主人は毎週お小遣いをくれていたの。母の遺産が入ると、彼はそれを使えばいいと言うようになった」

「ジョン・ショーパートには小切手はあげていないね？」チャールズが質問した。

彼女は首を振った。「ええ、彼は現金を要求した。現金で支払ったわ」

「よかった。警察が彼の口座を調べても支払い記録は見つけられないだろう」チャールズは身を乗りだした。「ご主人があなたたちの関係に気づいたとは思わないか？死の直前にショーパートは殴られているんだ」

「ああ、まさか。ボブはそういうことを胸にしまっておける人間じゃないわ」

「お子さんはいないの？」アガサはたずねた。

彼女は悲しげに首を振った。「子どもにはとうとう恵まれなかったわ。養子をもらいたかったけれど、ボブは聞く耳を持たなくて」

「働いたことは?」とアガサ。

「ボブと知り合ったときは秘書だった。ときどき仕事に戻ることを考えたけど、おまえの仕事なんてないって主人に言われたの。今はすべてコンピューターがやっているからって」

「コンピューターの使い方なら習えるわよ」アガサは言った。

「ボブが許してくれないわ」

「ねえ、あなたは自分のお金を持っているんでしょ。車は持ってる? 運転はできる?」

「ええ、小さな車を持ってるわ」

「じゃあ、彼が留守のときにその車に乗って出ていくのよ。どこかで新しい生活を始めるの」

「まあ、できないわ!」

「どうして?」

「わたしがいなかったらボブはどうするの? 誰が彼の食事を作ってシャツにアイロンをかけるの?」

「自分でやることを学ぶしかないでしょうね」アガサはいらいらしながら言った。

「問題からずれているよ」チャールズがあわてて口をはさんだ。「さて、考えてみて。ジョン・ショーパートが別の女性といっしょのところを見たことがあるかい？」

リザはしばらく無言で考えているうちに、頬がうっすらと赤く染まった。それから口を開いた。「わたしに連絡をくれなくなったあと……あの夜のあと、わたしは彼の家に車で行ったんです。日曜日と仕事が半日で終わる日、水曜に。そして見張ってました。嫉妬で頭がおかしくなってたんでしょうね。彼を訪ねてきた女性は一人いました――マギーだと思います。お店で見かけたことがあります。それから別のときにはミセス・ダリが彼の家から出てくるのを見ました」

アガサは目をみはった。「あのミセス・ダリ？　カースリーの恐怖の？」

「ええ、彼女です。でも寄付でも集めに行ったのかもしれない」

「うーん、そうねえ。他には誰かいない？」

「若くてきれいな女性。かなり若く見えたわ。これまで見かけたことのない女性でした」

「どんな外見だった？」

「ブロンドでほっそりしていて、ちょっとウサギみたいだった。歯が目立つから。それに、やせた脚」

「他には？」

「いいえ。わたし、天罰が下ったんだわ！」

「それは天罰でもごほうびでもないよ」思いがけずチャールズが口を開いた。「そもそも、それはどっちも人間の弱さなんだ。『よい子にしていたらサンタさんがクリスマスに自転車をくれる』わたしは何ももらったことがない。というのも、煙突をふさいで煙が家じゅうにあふれだしたせいで、サンタが怒ってしまったからだ」

アガサは目をぱちくりした。それから話を続けた。「リザ――リザって呼んでもいいかしら？」

彼女はうなずいた。

「ようするにね、リザ、警察のことは心配いらないってことなの。ミスター・ジョンといっしょのところを誰かに見られたと思う？」

「思わないわ。もしかしたら彼の近所の人たちが……」

「だけど、近所の人たちはあなたのことを知らないでしょ？」

「ええ」

「最悪でも人相を言えるぐらいだし、ミスター・ジョンが会っていた他の女性たちにまぎれてしまうでしょう」

「どうやって毒を盛られたの？」

「リシンよ」

「それはどういうものなの？」

「トウゴマから抽出される毒なの」

「だけど、そんなもの聞いたこともないわ！」

ドアに鍵が差しこまれる音がした。アガサはコテージの窓から外をのぞき、鉛枠の窓ガラスが雨で濡れていることに気づいた。

「ボブ！」リザが言った。

「これですべて決まったわ」アガサは声を高めた。「あなたもわたしと同じで、コンサートで何もやりたくないのね、ミセス・フレンドリー。だけど、次のときにはぜひケータリングのお手伝いをしていただければうれしいわ。あら、ミスター・フレンドリー！　ちょうど失礼するところだったんですよ」

「それはよかった」彼は不作法に言うと、ゴルフクラブのバッグを肩からはずして隅に置いた。「いまいましい雨だ」

アガサとチャールズは立ち上がってドアに向かった。「女房はやるべき家事がどっさりあって、教区のことで時間をむだにしている余裕なんてないんだ」

「そうでしょうとも」アガサはつぶやいた。「またお会いできてとてもうれしかったです」

「ふん！」

「まったくむかつく男ね」アガサはチャールズと土砂降りの雨の中に出るとそう言った。「走りましょう。びしょ濡れになりそうよ」

二人はアガサのコテージまで走った。それぞれの部屋で体をふき乾いた服に着替えると、キッチンに集合した。

「さて、どう思った？　ミセス・ダリとはね！」アガサが言った。

「何者なんだい？」

「うるさい小さな犬を連れたフェレットみたいな顔の女性」

「ああ、あなたの電話帳を持ってきた人か」

「その人よ」

「じゃあ、次に彼女を訪問する？」

「そうしましょう。ただし、彼女は信じられないぐらい無礼だと思うけど。ああ、リザのことがなければねえ。証拠になる書類をとり返そうなんて思わなければよかった。

ミセス・ダリの弱みならぜひとも握りたいわ」

「ファーストネームはなんていうの？」

「カースリー婦人会ではね、チャールズ、ファーストネームは存在しないの。みんなミスだれそれ、ミセスだれそれって呼び合うのよ」

「どこに住んでいるんだい？」

「村の商店の裏側にあるパークス・レーンのパークス・コテージっていうむさ苦しい小さな家」

「雨が小降りになってきたな。あなたの勇気がしぼまないうちに行こう。もしかしたらトウゴマがどっさり生えている庭があるかもしれない」

アガサはためらった。「どういうふうに切りだすつもり？」

「無遠慮でぶしつけにふるまったらいいんじゃないかな、アギー。あなたのいちばん得意とするところだよ」

5

二人がミセス・ダリのコテージに向かったとき、薄日が石敷の道に射していた。一瞬たりともアガサは意地の悪いミセス・ダリに怖じ気づいていると認めたくなかったが、コテージに近づいていき、ドアが開いてうるさい小型犬が階段のあたりをクンクン嗅いでいるのを見ると、気おくれしてきた。

「トウゴマはないようだな」チャールズが小さな前庭を見回しながら言った。「ローレルとみっともないやぶだけだ。裏には何があるんだろう」

ミセス・ダリが玄関に出てきた。彼女の挨拶はいつものとおりだった。「何の用？」

「ちょっと話がしたいんだけど」アガサは足首の臭いを嗅いでいる犬を足でこっそり押しやろうとした。

「家に入ってもらいたくないわ」ミセス・ダリのやせた顔には悪意がありありと浮かんでいた。「自分の評判を考えなくちゃなりませんからね」

「どういう意味なの?」いらついて、アガサはまた小さな犬を軽く蹴った。「あなたとあなたのヒモは自宅に入れるべきじゃないって思ってるの」

チャールズは大笑いし、アガサはミセス・ダリをにらみつけた。

「わかったわ」アガサは辛辣(しんらつ)に応じると、声を張り上げた。「じゃあ、ここに立って、あなたのヒモについて話し合いましょう。亡きミスター・ジョン・ショーパートについて」

初めてアガサはおぞましいミセス・ダリから一本とった。彼女の緑の目は飛びださんばかりになり、それからすばやく左右をうかがった。「入ってちょうだい」いきなり言った。小さな犬は片足をあげてアガサの靴におしっこをした。

「まあ、何をするの!」アガサはわめいた。犬はさっさと家に入っていった。アガサは靴を脱ぐとティッシュをとりだし、きれいにふいた。

「幸運だと思おう」チャールズが言った。「彼女の気が変わって、鼻先でドアを閉められないうちに中に入ろう」

こちらもまた暗いコテージのリビングで、何もかもがくすんだ緑色だった。緑のベルベット張りの三点セットのソファ、緑の壁、濃い緑の敷きつめのじゅうたん。コテージの外壁を覆っている大きな蔦(つた)の緑の葉が、小さな窓から入る可能性のあった光をさえぎっている。全員がすわって地下のような薄暗がりの中で向き合った。

「さっきのせりふはどういう意味だったの?」ミセス・ダリがかみついた。犬は主人の膝に飛び乗り、やせた指で毛をなでられている。

「ジョン・ショーパートは恐喝者だった」アガサは言った。「彼は女性に言い寄り、秘密を知り、恐喝していたの」

「たわごとよ!」ミセス・ダリは息も絶え絶えの様子だった。「わたしはちゃんとした女性よ。わたしを恐喝しようなんて誰が思うものですか。あなたとはちがうのよ、ミセス・レーズン。年下の男性たちとスキャンダラスな関係を持っているようなあなたとは」

行き止まりね、とアガサは思った。この辛辣な女性の生活に恐喝者が時間を割く価値のあるものなんてありっこない。

「金だ」チャールズがいきなり言いだした。「すべて金がからんでいるんだ。われわれはそれを知っている」

彼は半ばひとりごとのようにつぶやいていたのだが、ミセス・ダリは蛇ににらまれたカエルのように彼を見つめた。

「知っているのね」彼女は干からびた唇から言葉を発した。

アガサは知らないと言おうとしたが、チャールズはミセス・ダリを同情をこめた目で見るとこう言った。「ああ、そうとも。わたしたちは誰にも言っていないし、アガサはあなたが罪に問われかねない証拠を消すために最大限の努力をしたんだ。そのせいで警察に行った。いまやわたしたち自身がやっかいなことになりそうなんだ。だから、どうやって彼にその情報を知られたのか教えてほしい」

「髪をカットしてもらうために美容院に行ったの」ミセス・ダリはとても低い声でしゃべりだした。ふだんのかみつくような口調とは大ちがいだ。「わたしたちは親しくなった。何度か食事をした。わたしはすっかり舞い上がったわ。亡き夫は配管工だったと話したの。熟練した配管工だった」ありふれた職人だと思われたくなかったのか、いつもの口調でつけ加えた。「税金や消費税のこと、それらがいまいましいものだってことを話し合った。彼は同情をこめて、それを回避する方法があるって言った。現金だと仕事を安く請け負う職人をたくさん知っているって。わたしはちょっと飲み過ぎていたので、主人のクラレンスもそういうやり方をしていた、おかげで夫の死後、安楽に暮らしてきたんだって話したの。

そうしたら二日後に彼は電話をかけてきた。信じられなかったわ。友人同士だったのに！　五千ポンド払わなかったら、国税局に主人が何年も税金をごまかしていたことを通報すると言ったの。わたしはパニックになった。そんなことをしたら殺してやると言い返したわ」彼女は黙りこんだ。それからまた口を開いた。「彼が死んだと聞いて、悪夢が終わったような気がした」

「だけど、ちょっと待って」アガサが言った。「ご主人はいつ亡くなったの？」

「五年前よ」

「でも、いったいどうやって国税局はご主人が現金で支払いを受けていて、それを申告していなかったって証明するの？」

「昔の得意先のところに行くでしょ。わたしは夫の配管工事会社を売ったけど、まだ昔の記録を保管しているはずよ」

「でも現金で払ったのなら」とアガサは辛抱強く続けた。「そうした支払いは帳簿に載っていないはずよ」

「だけど、昔の得意先を見つけだして、質問したら？」

「彼らは何て言うかな？」チャールズが反論した。「所得税をごまかすのに協力していたことは認めるわけにいかないだろう。やっかいなことになるからね」

ミセス・ダリの頬をうっすらと涙が伝い落ちた。「じゃあ、すべてむだだったのね」

「むだって？」アガサは鋭くたずねた。

「わたしの不安よ。それに眠れぬ夜」

「あなたは彼を殺さなかったのね？」

「ええ。新聞で読んだわ。リシン。聞いたこともない。どうか警察にこのことは言わないで」

「言えないわ」アガサは言った。「すべての証拠を消すために彼の家に行ったら、何者かが火をつけたの。警察はわたしがそこにいたことすら知らないのよ」

ミセス・ダリはぎくしゃくと立ち上がった。まるで関節が痛むかのように。「お茶を淹れるわ」彼女は言うと家の奥に消えていった。

「破滅から救ってあげたことへの感謝のしるしとして、お茶の申し出を受けてもいいんじゃないかな」チャールズは言った。

「わたしが救おうとしたのは彼女の破滅じゃなくて、ミセス・フレンドリーの破滅よ。ジョンは彼に関心を向けられて大喜びするような愚かで醜い女性ばかりを餌食にしたのね」

「ただし、そんなに醜くない女性もいた」チャールズはアガサを横目でちらっと見た。

「わたしは一瞬だってだまされなかったわ！」

「わたしの目にはそうは映らなかったが」

「わたしのことはどうでもいいでしょ」アガサは急いで話を変えた。「ところで誰が遺産を相続するのかしら？　もしかしたらこの恐喝の件で問題の本質が見えなくなっているのかも。別のことで殺されたのかもしれないわよ」

「それはまずないだろう。ああ、彼女が来た」

ミセス・ダリは戻ってきてお茶を注ぎはじめたが、それは変色した水のように見えた。アガサはすでに使ったティーバッグをポットにひとつしか入れなかったのだろう、と推測した。ハードビスケットの皿も添えられていた。

ミセス・ダリはいつもの態度を、というか意地悪さをほぼ取り戻したようだった。

「お茶を淹れながら、あなたの探偵能力とやらについて考えていたの。わたしも抜け目ない探究心があるし、誰がやったか見つけだせると思うわ」

「わたしたちといっしょに調べたいってこと？」アガサは心が沈んだ。

ミセス・ダリは哀れむように笑った。「あら、ちがうわ。シェイクスピアが言ってるでしょ、一人で旅をする者がいちばん速く旅をするって」

「それはキプリングだ」チャールズが訂正した。

「誰にしろね」

アガサは腹を立てて小さなカチッという音を立ててティーカップをソーサーに置い

た。「さて、貴重なお時間を割いていただいてありがとう」彼女は立ち上がった。チャールズも立ち上がった。

「調べた情報を交換しあいましょうよ」ミセス・ダリが悦に入って言った。

「あら、それだとあなたの調査の進展をきっと邪魔しちゃうわ」アガサは断固として玄関に向かった。チャールズはそのあとから外に出てきた。犬がアガサのあとから追ってきて、足首をまた熱心に嗅ぎ始めた。アガサは犬を抱きあげると家に入れ、バタンとドアを閉めた。「いまいましいチビ犬。家に帰りましょう、チャールズ。汚れた靴を消毒したいわ」

足を洗いきれいなタイツと靴にはきかえると、アガサはキッチンのチャールズのところに行って、ひとこと言った。「ポーツマス」

「何のこと?」

「以前、ジョンが店を持っていた場所よ。そこに行って美容師たちに話を聞けば、彼にスキャンダルがなかったか調べられるわ」

「今?　警察が訪ねてきたらどうするんだ?」

「かまわないでしょ?　国外に行くんじゃないんだから」

「ポーツマスをよく知ってるのかい？　広い場所だぞ」

「ホテルをとり、電話帳を調べて美容師に片っ端から電話をかけるのよ」

「時間のむだだよ、アギー。ミルセスター図書館に行ってポーツマスの電話帳を調べ、ここから電話しよう」

アガサはため息をついた。「あなたの言うとおりだわ。ただ逃げだしたかったの」

「元気を出して。電話で何かわかったら行ってみようよ」

まさにそのとき電話が鳴った。ミセス・ブロクスビーからだった。「あなたの言っていたマギーを見つけたんじゃないかと思うの」

「何者なの？」アガサは勢いこんでたずねた。「どこに住んでいるの？」

「まちがっているかもしれないけど、あなたの探しているのはマギー・ヘンダーソンだと思う。バジーのテラス・ロード九番地に住んでいるわ。教師よ」

「どうやって見つけたの？」

「ただ彼女の外見を説明して、ファーストネームを近隣の教区の人たちに話しただけ。もしかしたらまちがったマギーかもしれないけど」

「ともかく確かめてみるわ。どうもありがとう」

アガサはさよならと言って電話を切った。チャールズにその知らせを伝えた。

「とりあえずポーツマスの件は放っておいて、こっちのマギーを確認しよう。バジーまでほんの数キロだし」

しかしバジーに行って住所から家を見つけると、マギー・ヘンダーソンはウスターの学校で教えていて、五時ぐらいまで戻ってこないことがわかった。「そして、この調子だと」アガサが陰気に言った。「彼女の夫もいっしょに家にいるでしょうね。ウスターに行ってみる？」

「いいや。イヴシャムに戻ってコーヒーを飲める場所を見つけ、わかったことを整理してみよう」

二人はマーズタウ・グリーン駐車場に車を入れると、道を渡ってマーケット広場のはずれのティールームに入った。「見てくれ！」チャールズが叫んだ。「本物のイギリスのティールームがまだ残ってるんだ」店内は天井が低く、静かで暗かった。生粋のスコットランド訛りのウェイトレスが二人の注文をとった。

「さてと」チャールズが小さなノートとペンをとりだした。「容疑者についてどういうことがわかったか確認してみよう。最初はあなたからだ、アギー。何でも思いついたことを言ってみて」

アガサは両手に顎をのせた。「そうねえ、そもそもどうして彼が恐喝者だと疑ったんだったっけ？　ああ、わかった。話したわよね。美容院でトイレに入っているときに、どこかの女性があんたを殺してやると言うのを聞いたからだった。ジョンは隣の店のしょっちゅうけんかしている夫婦だと言ったけど、女性の声は聞こえたものの、男性の声は聞きとれなかった。低い声を出していたから。それがジョンである可能性はあるわね」

「たしかに」チャールズはメモをとった。「その店をあとで調べてみよう。次」

「ちょっと待って。ジョンは一度結婚したことがあるって言ってた。ふと思ったの。子どもがいて、彼の遺産を相続するんじゃないかって」

「それについてどうにか探ってみよう」

「恐喝のもう一人の候補者がいたわ。娘のベティについてしゃべっていたお客がいたの。娘がドラッグをやっていて注射までしているって。ご主人はジムっていう名前だった」

「けっこう。他には？」

「これでミセス・ダリ、マギー、リザ・フレンドリーについてわかったわ。あ、そうだ。ジョシーがいた」

「誰なんだ？」

ぱっとしない受付係。ジョンにお熱らしくて、すごく嫉妬されたわ」

「なるほど」チャールズはまたメモをとった。「その娘はわたしが相手をしよう。髪をカットしてもらって、彼女とちょっとおしゃべりしてみるよ。そうすればお客についてのゴシップを聞けるはずだ」

「ところで、リザがジョンの家を見張っていたらブロンド女性を見かけたと話してくれたのを覚えてる？　どんな女性だって言ってたかしら？　たしかブロンドでウサギみたいな目立つ歯、やせた脚。それだけだったたと思うけど」

「てことは、容疑者の一人か、彼の家の鍵を持っているわれわれの知らない誰かってことだ。覚えているだろう、誰かが押し入ってくる物音は聞こえなかった……もっとも……ああ、どうしてこんなに明白なことを思いつかなかったんだろう？」

「何なの？」

「彼の家の中に入ったとき、あなたはドアの鍵をかけなかったんだよ」

アガサは目を丸くしてチャールズを見た。

「考えて！」チャールズは命じた。「エール錠だったかい？　ドアが閉まると自動的にカチッって鍵がかかるやつだ」

「いいえ」アガサはのろのろと答えた。「箱錠だった。大きな鍵だったの」

「じゃあ、それで説明がつく」

アガサはチャールズの腕をつかんだ。「ねえ、もし誰かが鍵がかかっていないと知っていたのなら、わたしが中にいるのも承知していたにちがいないわ！」

「その可能性はある。あるいはまずノブを回してみて、ドアに鍵がかかっていたら押し破るつもりだったのかもしれない。ドアにガラス窓はついている？」

「ええ、よくあるステンドグラスが。どうしよう、チャールズ、わたしたち、恐喝の面ばかりに注目しすぎていたのかもしれない」

「他にどういう可能性があるんだ？」

「ああ、情熱と嫉妬よ。嫉妬深い女性、嫉妬深い夫。だって、ジョンは誰かに殴られたのよ」

「恐喝の線で行こう」チャールズがもったいぶって言ったので、アガサは彼がまちがっていればいいのにと心の中で思った。

「話がこれで終わりなら」とアガサは不機嫌に言った。「美容院の隣のお店に行ってみましょう。ちょっと待って。美容院はまちがいなく閉店になるの？」

「そりゃ、そうだろう」

「ともかく、ちょっとのぞいてみましょう」

二人はハイ・ストリートを歩いていった。たしかに美容院は閉められて暗かった。それから、さまざまな安物のみやげ品を売っている小さくて暗い隣の店に入っていった。

カウンターの向こうには男物のシャツとレギンスを身に着けた大柄な女がいた。カウンターの後ろの棚の下から何かをとろうとしていたので、レギンスが目に入ったのだ。

「すみません」アガサは声をかけた。女は体を伸ばして振り向いた。大きな丸い顔はけんかっ早そうで、分厚い眼鏡をかけている。「何の用?」ぶっきらぼうにたずねた。

アガサはイヴシャムの商店主の友好的な態度に慣れていたので、目をパチパチしてから口を開いた。「殺されたお隣の男性をご存じよね?」

「それがあんたとどういう関係があるのさ? あんた、警官じゃないでしょ。何者なの? 殺人のゴシップは聞きたがるくせに、何も買わない野次馬の一人?」

アガサは思い切って言った。「あなたがミスター・ジョンを殺してやると言っているのを聞いたんです」

彼女の大きな顔に驚きの表情が浮かんだ。「そんなこと言ってないよ! いつあたしがそんなことを言ったっていうんだい？」

「数週間前に美容院のトイレにいたときに聞こえたのよ。ジョン・ショーパートに訊いたら、あなたとご主人がしじゅう口げんかしていると言ってたわ」

女は大きくてぽっちゃりした、指輪をはめていない手を持ち上げてみせた。

「夫なんていないよ。ついておいで」女はカウンターのフラップを上げた。彼らは中に入った。女は先に立って店の裏の汚いキッチンを通り抜けていった。キッチンのドアを開けると言った。「ごらん！」

猫の額ほどの裏庭があるだけだった。美容院側は高い壁になっている。「その壁の向こう側は美容院の裏庭。誰の声を聞いたか知らないけど、あたしじゃないことは確かだね。美容院の裏庭にいた誰かがしゃべっているのを聞いたんだろう」

店でベルがチリンと鳴った。「お客が来た。とっとと帰っておくれ」

「どう思う？」ハイ・ストリートに出るとチャールズがたずねた。

「ミスター・ジョンが嘘をついていたんだと思うわ。あら、道の向かいに新しい美容院がある。〈イヴ〉ですって。ねえ窓からのぞいてみて」

「どうしたんだ？」

「デスクのところ。例の受付係のジョシーよ」

「じゃあ、あなたはどこかに行っていてくれ、アギー。わたしはカットしてもらって彼女とおしゃべりしてくるよ」

「どのぐらいかかりそう?」

「一時間ぐらいかかな。これが車のキーだ。駐車場のところで落ち合おう」

「じゃ、こうしましょう。あなたがまず入っていく。それからしばらくしてわたしも入っていき、予約をとる。たぶんジョンの店のスタッフ全員がいるはずよ」

チャールズが道路を渡って店に入っていくのをアガサはじりじりしながら待っていた。チャールズはしばらくジョシーとしゃべっていた。ジョシーはきどってクスクス笑っている。それからチャールズは奥に消えていった。

アガサは道を渡った。ジョシーはまだ笑みを浮かべていたが、アガサを見るなりその微笑は消えた。「あら、ここにいたのね」アガサは明るく言った。店内にはギャリーとミスター・ジョンの元アシスタント二人の姿が見えた。

「ええ、幸運でした。イヴがお店を開いたので全員を雇ってくれたんです」

「イヴってどなた?」

ジョシーは不作法にため息をつくと、予約帳にかがみこんだ。「予約をお入れになるんですか、ミセス・レーズン?　とても混んでいるんですけど」

アガサは彼女を怒鳴りつけてやろうかと思ったが、ぐっとこらえた。

「あさってに入れてちょうだい。三時に」

「担当はギャリーにしますか？」

「いいえ、イヴ本人にやってもらいたいわ」

「わかりました。予約を入れておきます」

アガサはまたハイ・ストリートに出ていった。イヴシャムをぶらぶら歩き回った。修道院の庭園までブリッジ・ストリートを歩いていき、すわって煙草をくゆらせ、それからチャールズの車まで戻ると彼が外に立って待っていた。

「首尾はどうだった？」

チャールズはキーを受けとると鍵を開けた。

「バジーに行く途中で話すよ」

出発すると、彼は話しはじめた。「今夜ジョシーをディナーに連れていくことになった。この新しい美容師はイヴシャムに現れると全員を雇ったらしい。気の強そうな女だった。でも仕事は手早いよ。全員を働かせている——カットもパーマもカラーも、組み立てラインに乗ってるみたいにね。ジョシーが内幕を話してくれることになっているんだ」

「ミスター・ジョンの仕事を奪うために、この新しい美容師が彼を殺したってことはない？」

「なんてわびしい想像力の持ち主なんだ、アギー。日曜夜のテレビドラマじゃないんだぞ。これは現実なんだ。死んだ恐喝者がいる。だから脅かされていた何者かが彼を自分の人生から追いだそうとした、と推測するのがもっとも筋が通っているだろ」

「でも、マギーはどう言うかしらね」アガサはむっつりと言った。「彼女もまた攻撃的な夫を持つ女性なのかもしれないわ」

「ともかく彼女の車は外に停まってる」チャールズが近づいていきながら言った。「夫の車でなければ、だけど」

二人は外に出ると、レンガでできた足首をひねりそうな小道を歩いていった。庭は手入れされずに放置されて雑草だらけで、窓のレースのカーテンは薄汚れていた。

アガサはドアベルを鳴らした。「鳴らないな」チャールズが言った。「ノックしてみて」

アガサはドアのガラスをたたいた。新聞記者になる人の気持ちがわからないわ、とアガサは思った。毎日毎日、拒絶にあっているでしょうに。

チェーンがついたままドアが開き、マギーの片目がこちらをうかがった。

アガサは愛想よく笑いかけた。「わたしを覚えているかしら、ミセス・ヘンダーソン？　美容院でお会いしたでしょ、イヴシャムにある〈ミスター・ジョン〉の」

「どういうご用？」

「ミスター・ジョンのことで話をしたいの」

「何も話すことなんてないわ」

「彼があなたを恐喝していたことは知っているんだ」チャールズが口を出した。

ドアがバタンと閉まった。アガサとチャールズは顔を見合わせた。

それからチェーンがはずされる音がして、またドアが開いた。

マギー・ヘンダーソンは勝ち誇ったように二人を見た。「もうわたしを脅したりできないわよ。たぶん、あのろくでなしが持っていた手紙を手に入れたんでしょ。でも、後の祭りよ。主人はわたしを捨てて出ていった。だから、どうとでもなれだわ」

「わたしたちは恐喝者じゃないわ」アガサが言った。「入っていいかしら。すべての証拠はなくなったわよ」

「火事で？」

アガサはうなずいた。「誰が彼を殺して、あの家に火を放ったのか知りたいの。なぜって放火されたときにわたしが家の中にいたからなの。証拠をもみ消そうと思ってあそこに行ったのよ。でも、警察にはそのことを言わないでね。連中は知らないから」

マギーの表情がやわらいだ。「じゃあ、あなたも被害者だったのね。どうぞ」

「というわけでは……」とアガサが言いかけたが、チャールズが彼女の腕を警告するように握った。まるで同じ犠牲者同士だと思わせておけ、と言わんばかりに。二人はマギーのあとから家に入っていった。

リビングは散らかっていてほこりっぽかった。「女性の警官から電話があったの」マギーは言った。「どうぞすわって。警官は顧客リストをチェックしていただけなんだけど、彼の家が焼けたって新聞で読んだとき、手紙も燃えていますようにって祈ったわ。ほら、あの日は雨が降ったから燃え残ったかもしれないって心配だったけど、警官が言うにはジョンは液化天然ガスを使っていて地下にボンベを置いていたらしいの。そのガスボンベが爆発したんですって。ファイルキャビネットの中身ですら跡形もなくなったって、警官は言ってたわ」

ファイルキャビネットなんてどこにあったかしら、とアガサは思った。

「それであなたとミスター・ジョンのあいだに何があったの？」アガサはたずねた。

「わたしはアガサ・レーズン。こちらはサー・チャールズ・フレイスよ」

けた。


「ええと、ミセス・レーズン……」

「アガサと呼んでちょうだい」

「最近はあまり聞かない名前ね」マギーは言った。「アガサという友人がいたけど、ヘレンに改名したわ。アギーって呼ばれることに我慢できなかったのよ」

「彼女の気持ち、よくわかるわ」アガサは言いながら、チャールズをじろっとねめつけた。

「彼が死んだと聞いてとてもうれしかった」マギーは言った。「わたしが自分の手で殺してやりたかったほど。でも、臆病でできなかった。結婚生活はあまりうまくいっていなかったの。ピートはいい夫だったけど、こちらが落ち込むような意地悪なことばかり言うのが得意だった。友人たちとパブに行くたびに、帰り道に批判をされた。『どうしてあんなことを言ったんだ、まぬけに見えるだけだし、ふしだらな女に思われたよ』とかね。でも、それが結婚ってものだと思っていた。やがてミスター・ジョンがわたしを誘うようになり、こっそり会うようになった。ピートは仕事で留守だったし、わたしは学校の休暇を楽しんでいた。彼は王女さまのような気分にさせてくれたの。わたしはピートの愚痴を言うようになった。ジョンはとても同情深かった。多くの女性たちが自分のお金がなくて夫のもとを出られず、ひどい結婚生活に甘んじていると言った。わたしは自分のお金ならあると言ったわ。両親が交通事故で亡くなって、かなりの財産を遺してくれたの。彼はわたしを励ましてくれた。そのとき初めてピートを捨てる勇気が出るかもしれないと思ったわ。ここはわたしの家なのよ」

彼女は黙りこんだ。

「それでどうなったの？」アガサは先をうながした。

「彼に抱かれたの。自分が美しくなった気がしたわ」アガサは美容師と関係を持たなかったことをかすかな胸の痛みとともに悔やんだ。「そうしたら、そのあとジョンは急に忙しくなって、わたしと会えなくなったばかりか、美容院でも担当してくれなくなった。わたしは動揺し、悩んだ。学校の休みは終わりに近づいていたので、もうあまり自由な時間がないこともわかっていた。それで手紙を書いたの。わたしたちの愛を、あの午後の愛を思いだしてって。

また会いたいと言われたときは天にも昇る心地だった。川沿いのティーガーデンで会った。彼はお金がほしいと言ったわ、五千ポンド。払わなければ、手紙を夫に送るって。その瞬間、彼を大嫌いになった。そんな真似をするなんてとても信じられなかった。だから好きにすればいいでしょ、と言ったの。

このろくでなしのよこしまな男のためにピートを裏切ったせいで、とてもうしろめたかった。翌日、まさに翌日、ピートは風邪で仕事を休んだ。わたしが仕事に出かけるときには郵便は届いていなかったけど、そのあとでピートがその手紙を受けとったの。ジョンは前日、わたしと別れた直後に投函したにちがいないわ。

家に帰ると、ピートが荷物をまとめて出ていったあとだった。わたしの手紙がテーブルに置かれ、ピートは自分の手紙を残していた。ありとあらゆる罵詈雑言を書き連ねた手紙を……毒婦、売女」彼女の声はひび割れた。

「夫がいないととても孤独だった。そんなふうに感じるなんて思ってもみなかったわ。昼も夜も自由を夢見ていて、ようやくそれを手に入れたというのに、こんなに侘しいなんて」

彼女は泣きだした。

アガサはほこりだらけのテーブルの箱からティッシュをひとつかみとって渡した。マギーは洟をかみ、涙をふいた。

「ご主人は今どこにいるんだい？」チャールズが質問した。

「ハニーボーンの母親のところよ」

「あなたかご主人は警察に行った？」

「あら、まさか！　わたしは自分とピートの手紙を焼き捨てた。殺人事件について新聞で読んで、あわてて しまって。ピートがやったんだと思ったの。でも、毒殺だし、ピートならゴルフクラブで殴り殺すと思う。ピートはものすごく気が短いのよ」

「ご主人と話をした方がいいかもしれないな」チャールズはアガサが話していたあざだらけの顔のことを考えていた。

アガサはマギーがすぐさま反対するかと思っていたが、彼女は震える手を握りしめながら言った。「話せるならそうして。わたしとは口をきいてくれないし、いつも彼のお母さんが電話に出て取り次いでくれないの。彼がいなくて寂しいって伝えて。いっしょにいて楽しいとは言えなかったけど、主人はいろいろな物の修理は得意だった」

「住所を教えてください」チャールズが言った。「それから何ができるか考えてみましょう」

「ハニーボーン、パートン・レーン十番地よ。でも警察にはわたしのことを言わないでね！　ただでさえボロボロなんだから。ただピートに戻ってもらいたいだけなの。自分の持っているものを失うまで、それがどんなに大切かわからないものなのね」

ジェームズ・レイシーがそう考えてくれさえしたら、とアガサは心の中で嘆いた。

チャールズとアガサはまた車に乗りこんだ。チャールズは腕時計を見て言った。

「次の訪問にはあまり時間をかけられない。ジョシーをディナーに連れていかなくちゃならないから」

二人はその住所を簡単に見つけた。「ここだ」チャールズは言った。

ドアを開けたのは小柄で腰の曲がった女性で、彼女は二人を灰色の前髪の下から見上げた。

「ミセス・ヘンダーソンですか？」アガサはたずねた。

「ええ、何も買うつもりはないからね」

「わたしたちは何も売るつもりはありませんよ」

「息子さんに会いに来たんです」チャールズが言った。

「どなたなの？」

「ミセス・アガサ・レーズンとサー・チャールズ・フレイスです」

彼女は二人を疑わしげににらみつけてから、家の中にひっこんでいった。奥から口論する声が聞こえ、やがて大きながっちりした男が入り口に立ちふさがった。

「何？」不機嫌そうに彼はたずねた。

刑事だったらどんなに簡単だろう、とアガサは思った。身分証明書をちらっと見せれば、家に入れてもらえるのだ。

「美容師のジョン・ショーパートについてです」アガサは言った。

「それがあんたとどういう関係があるんだ？」

「どうしてあなたが彼を殴りつけたのかと思いましてね」チャールズがアガサの前に進みでながら言った。

「警察なのか？」

「いいえ、事件の関係者です」

ピート・ヘンダーソンはチャールズに向かって、帰れときっぱりと言い、罵りの言葉を浴びせた。ドアが閉まりかけた。

「マギーがあなたを恋しがっています」アガサが必死になって言った。「本当です」

閉まりかけていたドアが止まった。

「あいつがいけないんだ」とピート。「ふしだらな女め」

「たった一度の過ちですよ」アガサはなだめようとした。

「自業自得だ」彼は低い声で言った。「自分に興味を持ってくれる男がいると考えたとは笑いぐさだよ。恐喝者だとわかっているべきだった」

「でも彼女はだまされたんです」アガサは言った。「今はあなたがいなくて寂しいし、不安でどうにかなりそうになっています」

目の中の怒りが満足そうな光に変わった。

「苦しめばいいんだ」吐き捨てると、二人の鼻先で乱暴にドアを閉めた。

「ねえ、さっきの訪問で何がわかったの？」走り去りながらアガサはたずねた。

「彼がジョン・ショーパートを殴りつけた人間だということはほぼ確実だと思う。そろそろ家に送り届けるよ、アギー。ジョシーを迎えに行かないと」

「話を聞きたいから起きて待ってるわ」

「でも……」

「まさかそんなつもりじゃ、チャールズ！　あんな若い子と！」

「心配いらないよ。彼女はたぶん両親と住んでいるから」

チャールズが出かけてしまうと、アガサは平和な夜をどう過ごそうか計画を立てはじめた。しかしウスター警察が訪ねてきて、また供述を繰り返させ、今回はショーパートの家の前を通ったことでどうして嘘をついたのかと追及した。殺人事件が起きると誰もがうしろめたく感じるし、現場をうろつく物見高い野次馬だと思われたくなかったからだと、アガサは慎重に説明した。ようやく彼らが帰ったときには、自分が殺人犯のような気分になっていた。

熱いお風呂に入るとネグリジェの上にガウンをはおり、テレビの前にすわってチャールズが帰ってくるのを待つことにした。チャールズはわたしを退屈な日々に面白味を与えてくれる存在としか思っていないんじゃないかしら、とときどき考えることがある。彼は猫のようにこぎれいで、自己満足している。アガサの家に泊まっていても少しもスペースをとらないような気がした。

真夜中頃、ようやく肘掛け椅子でうとうとしかけたときに彼の車が停まる音が聞こえた。

よろよろと立ち上がり、ドアを開けた。

「わたしを誘惑しようとしているんじゃないよね、アギー？」というのがハイネックのコットンのネグリジェに実用的な飾り気のないガウンをはおったアガサを目にして、チャールズが発した言葉だった。

「さあ、話を聞かせて」

アガサはリビングに入っていき、あわててテレビを消した。《新スター・トレック》の再放送が放映されていたので、チャールズが見たがるといけないと思ったのだ。

チャールズは自分の飲み物を注ぐと腰をおろした。

「やせたウサギのようなブロンドの正体を突き止めたよ」

「誰なの？」

彼は小さなノートをとりだした。「ジェシカ・ラング。イヴシャム出身の女性。ある日店に入ってきて、とんでもない騒ぎを起こしたってジョシーが苦々しげに話してくれた」

「どういうことで？」

「ミスター・ジョンが彼女とのデートをすっぽかしたらしい」

「また不幸な既婚女性かしら？」

「いや、歯科医院の受付をしていて結婚はしていないし、裕福でもなさそうだった」

「住所を聞いた？」

「いいや。警察は古い予約帳を持っていったけど、そこには電話番号しか書いていないってジョシーが言ってたよ。でも、彼女はハイ・ストリートの歯科医院で働いている。住所を聞いてきた。ああ、疲れた。明日行ってみよう」

「他には聞きだせなかったの？」

「ああ、ジョシーはボスに夢中だったんだ。それはまちがいない。だけど、進展しなかったようだ。今度はわたしに愛情を向けるつもりのようだった」

「それで、彼女になんて言ったの？」

「アギーだけを愛していると言っておいた。幸いそれは食後のコーヒーを飲みながらだった。そのあと、夜はたちまちだいなしになったよ」

「彼女はそれに対してどう答えたの？」

「あなたは知りたくないと思うよ」実を言うと、ジョシーはこう叫んだのだ。〝なによ、あの冴えないオバサン！〟

「ポーツマスはどうするの？」アガサはやきもきしながらたずねた。

「後回しだな。動きがあるのはこっちだからね、アギー」

「そういうふうに呼んでほしくないの！　そもそも事件はポーツマスで始まったと思うわ。彼が向こうで顧客を恐喝していて、その一人がこっちまで追ってきたとしたら？　そうだ、あなたが留守のあいだにウースター警察が訪ねてきたわ。しつこいったらなかった。同じ質問を何度も何度も繰り返して。ジョンの家が火事になったのを誰かから聞いたってわたしが嘘をついたことも見抜かれていた。うしろめたくなったわ」

「明日は歯医者でどう出ようか？」チャールズがたずねた。「ずかずか入っていって、そこにいるジェシカに質問する？」

「いいえ。彼女はランチに出かけるはずよ。外見はわかっているんだから、ランチタイムに行って待ち伏せしましょう」

「もしかしたらデスクでランチをとるかもしれない。わたしの魅力を使って、外のランチに招待するのはどうかな？　そのあいだ、あなたは美容院で時間つぶしをすればいい」

「イヴっていう人に予約を入れてあるの。だけど、あさっての三時よ」

「変更できるか訊いてみたら？」

「あの意地悪なジョシーが空いている時間がないって、うれしげに答える気がするわ。だけど、試してみる。朝になったら電話するわ。あらいけない、ハニーボーンから帰ってきてメッセージがないかチェックするのを忘れていたわ」

アガサは電話のところに行きダイヤルした。耳を澄まし、受話器を置くとチャールズに向き直った。「ミセス・ダリからメッセージが入っていた。わたしに会いたいんですって。以前の彼女みたいなしゃべり方だった。皮肉っぽくて悪意たっぷりで。考えてみるわ。イヴシャムで予定を終えたら、彼女を訪ねてみてもいいかもしれないわね」

翌日、アガサはチャールズを歯科医院の前で降ろすと、美容院に向かった。ジョシーは礼儀正しいとはとうてい言えなかったが、しぶしぶキャンセルがあったと答え予約を入れてくれた。アガサはシャンプーしてもらうとイヴのところに案内された。イヴは長身の堂々たる女性で、古い船の船首像を思わせた。見事な胸、流れる黒髪、肉づきのいい腕。

彼女がドライヤーをかけているときに、アガサは話しかけた。「ミスター・ジョンとは知り合いだったの？」

「殺された美容師ですね？　いいえ。とても悲しい事件でしたね」イヴは言った。「わたしにとってはラッキーでしたけど。お店を始めることになり、ちょうどスタッフ募集の広告を出すところだったんです。ですから彼の以前のスタッフを引き継ぎました。カーラーを巻いたら、スタンド式のドライヤーの下にすわっていただきますね。しっかりセットできるように」

「あまり凝ったヘアスタイルにしないでね！」

「大丈夫、とてもすてきになりますよ」

「あなたはイヴシャム出身なの？」

「いいえ、最近こっちに越してきたんです。ビジネスにはいい土地かなと思ったので」

「以前はどちらにいたの？」

「ウスターです」

アガサは黙りこみ、美容師はドライヤーを置くと、髪にカーラーを巻きスプレーした。

「イヴェット、アガサをドライヤーの下にご案内して」イヴが叫んだ。

「ミスター・ジョンのことはお気の毒だったわ」アガサはイヴェットに言った。

「ええ。雑誌をお持ちしましょうか？」

アガサはうなずいた。ドライヤーは頭の上ぎりぎりまで下げられていた。去年の〈ヴォーグ〉や〈グッドハウスキーピング〉が膝の上に何冊かどさっと置かれた。最初のうちは去年の星占いを読んで、実際に起きたことと合致しているかどうか確認して楽しんでいた。しかし、星占いはたいていいそうなのだが、あまりにもあいまいなので、自分の好きなように解釈できてしまう気がしてきた。

時間が過ぎていった。アガサは腕時計を見た。カーラーを巻かれたときに髪の毛はほとんど乾いていたというのに、いまいましいこのドライヤーの下に一時間近くすわらされている。

断固として隣のテーブルに雑誌を置くと、ドライヤーの下から出て店内を歩いていった。

イヴの姿はなかった。

「彼女はどこ？」アガサは嚙みつくようにたずねた。

「ランチに行きました」パーマをかけていたギャリーが答えた。

「まったく、ここはどういう店なの？」アガサは怒鳴った。「わたしはすぐに髪を仕上げてもらいたいの！」

ギャリーは怯えた目でアガサを見た。「隣のレストランにいます。呼んできます」

アガサはカンカンになって仁王立ちになっていた。イヴが急いで入ってきた。

「お急ぎなんですか？」彼女は愛想よくたずねた。

「あなたはどうだか知らないけど、わたしは待たされるのは好きじゃないの」アガサはぴしゃりと言った。

「ええ、今すぐやりますから」イヴはなだめた。彼女はアガサを椅子にすわらせると、カーラーをはずしはじめた。それから逆毛を立てて髪をなでつけた。

アガサは鏡の中の自分の姿を見つめた。

「それって」とアガサは苦々しげに言った。「田舎の中年女性の典型的なヘアスタイルよ。ふくらませすぎだわ」

「最新流行のスタイルですよ」イヴは言った。

「六〇年代にはどこかで最新流行のスタイルだったでしょうね」

「やり直しましょうか？」

「ああ、もうけっこう。さっさと勘定書きをちょうだい。ここから早く出たいから」

すっかり不機嫌になって、アガサは駐車場に行ってチャールズを待った。幸い、彼女の車を使っていたので、車内にすわって煙草をふかしながら待つことができた……さらに待った。

ようやくチャールズが現れた。

アガサの髪を見るなり、爆笑した。

「もう、黙ってよ」アガサはカンカンだった。「あそこには二度と行かないわ。わたしがここにすわって飢え死にしそうになっているあいだにジェシカ・ラングをランチに連れていったの？」

「いや、ジェシカはすごく怯えていたんだ。ミスター・ジョンなんて知らないと言い張って、ひとことも彼のことを話そうとしなかった」

「じゃあ、なぜそんなに時間がかかったの？」

「一人でランチに行ってたんだ」

「どうしてわたしを探しに来なかったのよ？」

「考えつかなかった。おなかがすいちゃって」

「まっすぐ家に帰って、このひどいスタイルをブラッシングしたら何か食べるわ」

「あなたが運転しているんだから、あなたが行かれるところにわたしも行くよ」チャールズは穏やかに聖書の言葉を口にした。

アガサはカースリーに戻るあいだじゅうずっと、男性の利己主義について文句を言い続けていた。

家に帰ってくると、アガサはチキンサンドウィッチをふたつ食べてスープを一杯飲み、髪の毛をなめらかにブラッシングした。それですっかり機嫌が直った。

「次は何？」アガサはたずねた。「ジェシカ・ラングにはわたしが話を聞くべきだったかもしれないわね」

「やってみてもいいね。ミセス・ダリはどうする？」

「ああ、すっかり忘れていた。彼女の家まで歩いていきましょう。たぶん、わたしたちに打ち明けたことを後悔しているんじゃないかしら」

「わかった。ねえ、アギー、リシンが彼のビタミン剤に仕込まれていたんなら、犯行がいつ行われたかはわからない。毒殺者はただ待っていればいいんだ。わたしの言う意味がわかるかい？　瓶のうち二錠だけに毒を仕込み、彼がそれを飲む頃には国外に出ていることだってできるんだよ」

アガサはため息をついた。「犯人を見つけられるのかどうか不安になってきたわ」

「ともあれ、ミセス・ダリの話を聞いてこよう」

その日は寒くて曇っていた。二人が村の道を歩いていくと、最初の秋の落ち葉が足下にひらひら舞い落ちてきた。「あの暑さもはるか昔みたいね」アガサが言った。「田舎の冬は好きじゃないわ。町にいると、そのことに気づかないのよ。こんにちは、ひどい天気ですね？」

「今、挨拶した人は誰？」

「わからないわ。婦人会のメンバーを別にしたら、村のほとんどの人をよく知らないから。カースリーでは、みんな『おはよう』とか『こんにちは』とかお互いに挨拶し合うの。知り合いでも知り合いでなくても」

「地域の連帯感はどう？」

「誰もが車を所有したときになくなった気がするわ。子どもたちは学校にバス通学し、親たちの多くがバーミンガムやウスターまで通勤している。さて、着いた。だけど、家にいなければいいのに。会いたくないわ」

小さなコテージは暗く静まり返っていた。「彼女の車だわ」アガサが言った。「たぶん犬の散歩に行っているのよ。窓からのぞかないで、チャールズ。言ったでしょ、留守なのよ。チャールズ！」

彼は振り返ってアガサを見た。その顔は妙にひきつり、血の気を失っていた。

「アギー、ソファの後ろから脚が二本突きだしているんだ」

「具合が悪いにちがいないわ。玄関から入れるかしら」

アガサは玄関の真鍮(しんちゅう)のノブを回した。ドアはさっと開いた。アガサはリビングに走りこんだ。ミセス・ダリはソファの後ろに仰向けに倒れていた。頭のぞっとする傷から血がじゅうたんの上に広がっている。かたわらには小さな犬の死骸があった。その横に血まみれの真鍮の火かき棒が落ちていた。

チャールズはミセス・ダリのわきにひざまずき、脈を探ったが何も感じられなかった。

チャールズは重々しく首を振った。アガサは緊急番号に電話して警察と救急車を要請した。

それからチャールズの方を向いた。「吐きそうだわ」

「外に出て道に吐いた方がいい」

アガサは外に飛びだしていき激しくもどした。気をとりなおしてチャールズのところに戻ろうとしたが、あの死のにおいのする家にまた戻る勇気がなかった。なぜかあの光景がとてつもない恐怖とともに頭に刻みこまれたのは、頭を割られて倒れていた小さな犬の姿のせいでもあった。激しい怒りに駆られた殺人だった。カースリーで起きた殺人事件。アガサ・レーズンに迫ってきた殺人事件。

村の巡査フレッド・グリッグズが急いでやって来た。アガサは弱々しい声でつかえつかえ、起きたことを説明した。彼は家に入っていった。

そのとき二台のパトカーが到着した。ビル・ウォン、ウィルクス警部、さらに私服刑事たちと警官たち。それから救急車。

アガサは震えながら待っていた。

しばらくしてビル・ウォンが近づいてきた。「家まで送りますよ、アガサ。ひどい様子だ」

「ヘアスタイルのせいよ」アガサはたががはずれたようにしゃべり続けた。「いやな美容師に髪をだいなしにされたの」

「パトカーに乗ってください。お茶を一杯飲めば気分がよくなりますよ」

コテージに戻ると、何も喉を通らないと主張したにもかかわらず、ビルはミルクたっぷりの甘いお茶を淹れてくれた。「これを飲んでみて。気分がよくなりますよ」

「ゆうべ会いに行っていればよかった」アガサはうめいた。

「どうして？　どうしてゆうべなんですか？　何を知っているんです？」

「もう亡くなったんだから話してもいいわね。彼女はあの美容師、ミスター・ジョンにゆすられていたの」

「もう少しお茶を飲んで、最初から話してください」

アガサは言われたとおりにお茶を飲むと、言葉につまりながらミセス・ダリについて話した。

話し終えると、ビルはたずねた。「そのことをウスター警察に話しましたか？」

彼女は首を振った。

「どうしてなんです？　話していれば、彼女はまだ生きていたかもしれない。何度も何度も素人探偵をすることの危険について警告したはずですよ」

「わたしたちだけに話してくれたことだったから」

「まだ警察に話していないことが他にありますか？」

アガサはすっかり打ち明けて心を軽くしたかったが、リザやマギーを裏切るわけにはいかなかった。それに、どちらの女性にしろ、こんな残酷で暴力的な殺人事件ができるわけがない。

「いいえ」アガサは嘘をついた。「何もないわ」

頭の中の声が、殺人犯であることがばれるのではないかと怯えた女性は、恐怖に駆られてまた人を殺すかもしれない、と叫んでいたが、アガサはうつむいて床を見つめていた。

「また戻ってきます」ビルは言った。「あとで供述をとらせてもらいます。どうして彼女を訪ねたんですか？」

「留守番電話にメッセージを残していたから」

「どういう？」

「わたしに会いたいってだけ。いつものように不機嫌で意地悪な声だったわ」

「ここで待っていてください」

ビルは帰っていった。アガサはすわりこんで自分の体を抱きしめた。強い風が出てきて、茅葺き屋根が低いうめき声をあげた。

ドアが開きチャールズが入ってきた。アガサは立ち上がると彼の腕に飛びこんだ。

「怖いわ、チャールズ。もう警察に任せる。すべて忘れてしまいましょう」

「さあ、さあ。しっかりして。すぐにみんな来るよ。ショーパートがミセス・ダリをゆすろうとしていたことをビル・ウォンに話したようだね。他の人たちのことは彼に言ってないよね？」

「ええ」

「わたしもだ。だから待つんだ。グロスターの警察ばかりか、ウスターの警察にも質問攻めにされるぞ。ショーパートが関係しているせいで。長い一日になりそうだね、アギー」

たしかにそうだった。二人はウスターの警察本部に連れていかれ、また絞りあげられた。

アギーはめまいと吐き気がしてきた。警察の仕事に介入しないようにと厳しく警告されてから、やっと解放された。

「一杯やっていく？」チャールズが言った。

アガサは身震いした。「ただ家に帰りたいだけ」

「ねえ、ここまではパトカーで来たんだ。どうやって帰ればいいんだ？　署に戻って車を出してもらおう」

「タクシーでいいわ。あそこに戻る気になれない」

「アギー、ここはウスターなんだ。大金がかかるよ。やつらに送らせよう」

「わたしが払うわ」

二人は黙りこくってタクシーに並んですわり家に帰った。やがてカースリーに近づくと、アガサは沈黙を破った。「この件で何か感じている、チャールズ？　とても冷静に見えるけど」

「もちろん、ぞっとしたよ。でも、頭から追いだした」

「わたしもそういうふうにできるといいんだけど」アガサはうめいた。「死ぬまで、気の毒なミセス・ダリがあそこに横たわっている姿が目に浮かぶでしょうね」

「まさか。あの人を好きでもなかったのに」

「だからといって恐怖はなくならないわ」

「わたしはちがう」アガサにはきわめて冷酷な無関心さと思える口調で、チャールズは言った。

家に入ると彼は二人に酒を注ぎ、暖炉に火をつけた。幸い、暖炉は掃除を頼んでいるドリス・シンプソンによってきれいに片づけられていた。彼女はまた仕事をしてくれるようになったのだ。

チャールズはその朝配達された朝刊に目を通した。

「これを聞いてくれ、アギー」新聞をガサゴソさせながら言った。「この記事にこう書かれている。『ふけの小片、なめた切手、車のキーについた指紋も、犯罪者をつかまえ有罪にするために、科学者によってもうじき利用されるだろう。研究者はたったひとつの人間の細胞でも有効なＤＮＡ指紋法の手法を開発した』ショーパートの家の周囲にふけを落としてこなかっただろうね？」

「わたしはふけなんてないわよ」アガサは怒って言った。「火事が起きたときに現場にいたことは警察に話していないけど、彼を訪問したことはもう知られているわ。それがどうだって言うの？」

「何か食べよう」

「何も喉を通らないわ」

チャールズは新聞を放り投げた。「わたしが何か作るよ。力を蓄えておかないとね」

十五分後、彼はアガサをキッチンに呼んだ。「スープとチーズオムレツだ。さあ食べて」

意外にもアガサは空腹であることに気づいた。

食事のあと二人はテレビを見ようとした。しかしアガサはとうとう言った。

「早めに寝ることにするわ」

「いい考えだ」

でも眠れなかった。目を閉じるたびに、ミセス・ダリと犬が自分自身の血だまりに横たわっている光景が浮かんだ。

アガサはベッドから出ると、チャールズの部屋に行った。彼はまだ起きていて本を読んでいた。

「眠れないの」アガサは言った。「恐怖にとりつかれているのよ」

「ここに来て横になってごらん」

彼女はベッドの彼の隣にもぐりこんだ。チャールズはアガサをぎゅっと抱き寄せると、髪にキスしはじめた。

「チャールズ」アガサは抗議した。「そんなつもりじゃ……」

6

朝アガサが目覚めると、チャールズはいなくなっていた。伸びをしてあくびをし、まるで夢の中で起きたことのようにゆうべ愛を交わしたことを思いだした。でも外では太陽が輝いていて、恐怖は消え去っていた。

キッチンに下りていった。チャールズは手紙を残していた。「お客が来ることを思いだした。あとで電話する、チャールズ」

愛情のこもった言葉のひとつも書いておいてくれたらいいのに、とアガサは思った。二階に戻ると顔を洗って服を着た。それから、また一階に下りてきたときにドアベルが鳴った。初めてそれがジェームズであることを祈らなかった。チャールズにちがいない。うれしげな笑みを浮かべて、アガサはさっとドアを開けた。

ミセス・ブロクスビーが立っていた。アガサはがっかりした顔になった。

「まあ、あなただったの。どうぞ入って」

「誰を期待していたの？」

「チャールズよ。殺人事件のことを聞いた？　もちろん聞いたのよね。恐ろしかったわ。本当に恐ろしかった。彼女には家族がいるのかしら？」

「娘さんと息子さんが一人ずつ」ミセス・ブロクスビーは言った。「今、警察にいるわ」

アガサはミセス・ダリについてすべてを話した。恐喝されていたこと、ミセス・ダリがジョンの事件について誰がやったか見つけだせると言ったこと。

「だけど、真相に迫っていたはずがないわ」牧師の妻は叫んだ。「もちろんジョン・ショーパートを別の土地で前から知っていたなら別だけど。ミスター・ジョンはイヴシャムに来るまでどこにいたの？」

「ポーツマスよ。そう言ってた。今日向こうに行って、何か見つからないか調べてみようかと思ってるの」

「じゃあ、あなたが考えている容疑者は誰なの？」

「ミセス・フレンドリーの夫かマギー・ヘンダーソンの夫以外にいないんじゃないかと思うわ。他には彼の家で目撃されているイヴシャムの歯科医院で働いているジェシカ・ラングという女性もいる。ああ、それからジョンは以前結婚していたと言ってたわ。残念、警察なら誰とどこで結婚していたか知っているでしょうけど、わたしには教えてくれそうもないわ」

「ところで今日、チャールズはどこにいるの？」ミセス・ブロクスビーが明るくたずねた——明るすぎるわ、とアガサは思った。その穏やかな目はアガサの顔をじっと観察していた。

「ああ、お客さまを招待しているんですって。たぶんあとで戻ってくるわ」荷物は持って帰ったのかしら、とふいにアガサは不安になった。

「もちろん、犯人は男性じゃないわ」ミセス・ブロクスビーが言った。

「どうして？」

「ただの勘よ」

「どうかしら。たしかに毒を盛るのは伝統的に女性だけど」

「歴史だと、有名な毒殺者の多くが実は男性よ——ニール・クリーム、カーライル・ハリス、ローランド・B・モリニュークス、アンリ・ランドリュなどね」

アガサはため息をついた。「あの火事のことをうっかり忘れていたわ。放火をした人間がジョンを殺したのよ。それは絶対確実だと思う。ミセス・ダリはこっちに来る前にどこに住んでいたの？」

ミセス・ブロクスビーは思いだそうとして眉根を寄せた。それから首を振った。

「話してくれたけど、今は思いだせないわ。そのうち閃くと思うけど。でも、この件は警察に任せた方がいいわよ。ミセス・ダリの殺人は残虐だった。もしかしたら少しこの土地を離れた方がいいかもしれないわ。あなたが話を聞きに行った人の一人が殺人者だったら、あなたも狙われるかもしれない」

「あと少しだけ調べてみるわ。村ではみんな他人の出入りを知っているみたいでしょ。犯人がミセス・ダリのコテージに入っていくところを目撃されていないのは不思議だわ」

「ああ、でもフレッドの話だと、警察では裏から入ったと考えているらしいわ。裏道に回ったら、誰にも目撃されないでしょう。他のコテージからはあそこの裏は見えないから」

「押し入ったのかしら？」

ミセス・ブロクスビーは首を振った。「彼女は訪問者と知り合いだったようよ。倒れる前にお茶を出しているの。それに気づいた？　もっとも、彼女は家にいるときはいつもドアの鍵をかけていなかったわ」

「わたしが目にしたのは彼女の割られた頭と、あのかわいそうな犬だけだった」アガサは身震いした。どうしてチャールズは電話をくれないのかしら？

「お願いだから、もうこれ以上何もしないで」牧師の妻は心配そうだった。「あなたが危険な目にあうんじゃないかって、本気で不安なのよ」

「ちょっと聞いて回るだけよ」それに、カースリーから離れるというのはいい考えかもしれない、とアガサは思った。チャールズが電話をかけてきてわたしがいなくなっていると知ったら、一矢報いることができる。

昼食後、アガサは落ち着いていられず、ウスターまで行って警察署を訪ね、捜査の進展について訊いてみることにした。

イヴシャムに入って橋のすぐ手前でパーショア・ロードに折れた。道の向こうの川に目をやった。釣り人たちがいて、それを見物している人々もいる。そのとき急ブレーキを踏み、道路のわきに停止した。腹を立ててトラック運転手がライトを点滅させながら、猛スピードで追い抜いていった。

アガサは道の向こうをのぞいたが、視界は車で遮られていた。車をまた発進させて進んでいき、方向転換できる場所を見つけて戻ってきた。というのも、ブロンドでウサギみたいな顔の娘が釣りを眺めているのが目に入ったからだ。その娘がジェシカ・

ラングだとすぐにピンときた。

川の緑地に駐車して歩きだしたときには、イヴシャムはもしかしたらブロンドとウサギに似た顔の娘だらけなのかもしれない、と自信がぐらついていた。

アガサはジェシカらしき娘がいたとおぼしき場所に近づいていった。すでに彼女の姿はなかった。ブロンドは一人もいない。男たちは釣りをしており、見物人がとり囲んでいる。子どもたちは叫びながら走り回っている。最近の子どもはいつも叫んでいるわ、とアガサはうんざりしながら思った。

そのとき曳船道の先をブロンドの頭が歩いていくのが見えた。アガサは急ぎ足になり、追いつきかけたときに呼びかけた。「ジェシカ！」

娘は立ち止まって振り向いた。確かに、ウサギみたいな歯とやせた脚だ。

アガサは微笑んで片手を差しのべた。「ジェシカ・ラング？　アガサ・レーズンよ」

娘はやせた手でアガサの手を握った。「どなたですか？　あなたのこと、知らないんですけど。患者さんの一人ですか？」

「いいえ、わたしはジョン・ショーパートの殺人を調べているの」アガサはうっかり口を滑らせた。

ジェシカはあとずさった。恐怖がありありと目に浮かんでいる。「警察なんですか?」

一般人だと答えたら、娘は逃げてしまうにちがいない。

アガサはクレジットカード入れをとりだすと、すばやく開いてからまた閉じた。

「レーズン刑事です」アガサは言った。「あそこにすわって、少し話せない?」

アガサはベンチの方に歩きはじめた。娘はハイヒールのかかとが草にめりこむので、よろけながらついてきた。

二人は並んですわった。

「あなたがジョン・ショーパートの家を訪ねるところが目撃されているの」

ジェシカは泣きだした。「ママに殺される」彼女はしゃくりあげた。

「お母さんでも他のご家族でも、この件に巻きこむ必要はないわ」アガサは言った。

「ただ本当のことを話して。そうすれば怖がることは何もないわよ。どうぞ」彼女は大きなバッグを開けて、ポケットティッシュをとりだした。

ジェシカは洟をかみ、涙をふいた。「本当にママには知らせませんよね?」

「知らせる理由は見当たらないわ」

ジェシカは大きく息を吸った。「ママはあたしのことを嫌いなの。いつもお小言ばかり。姉のレイチェルがお気に入りなんです。ママが知ったら、あたしのボーイフレンドのウェインに告げ口するわ。そういう人なんです、ママは」

「それで何があったの？」

「彼がわたしを誘ってきたんです、ジョンが」

「いつ？　どこで？　美容院で？」

「いいえ、ブリッジ・ストリートのディスコです」

「ディスコ？　ディスコに行くには彼はちょっと年をとりすぎている気がするけど」

彼女はしゃくりあげ、哀れっぽく小さく洟をすすった。「友だちたちもそう言いました。ウェインは留守でした。長距離ドライバーなので。あたしは女の子たちとディスコに行き、みんなジョンのことでクスクス笑ってました。でも、あたしは映画スターみたいでイケてるって思った。あたしが見つめているのに気づくと、彼は近づいてきて一杯おごってくれました。それでおしゃべりしたんですけど、とってもすてきだった。そして明日の夜ディナーをどう？　って誘われた。ウェインはまだ帰ってこないので、ちょっとした気晴らしになるかなって思って、イエスって答えたんです」

ジェシカは黙りこんだ。子どもたちは遊び、母親は噂話に花を咲かせ、エイヴォン川は草に覆われた土手のあいだを楽しげに流れていく。アガサとチャールズが乗ったような遊覧船が通り過ぎていった。チャールズ、どうして電話してくれないの？

「それでどうなったの？」

「とってもおしゃれなレストランで、たくさんお酒を飲んだので、どんどん盛り上がったんです」

「彼と寝たのね？」たいした婉曲語法だわ、とアガサはゆうべのことを思いだしながら考えた。

「ええ」蚊の鳴くような声で言った。「それに、あたしバージンだったんです。ウェインのためにとっておいたの」

「あなた、いくつなの？」

「二十歳（はたち）」

まあ、驚いた。ジョンがまだ生きていたら、わたしの手で殺してやりたいわ、とアガサは憤然としながら思った。

「どのぐらい関係は続いたの？」

彼女はやせた両手をねじった。「それっきりでした。ジョンは二度と誘ってくれませんでした。彼の家に行ってみたんです。一夜だけの関係だって言われました。それをわかってるべきでした。バージンを奪われたって言ったら、こう言われました。『それがどうした？　そろそろ失ってもいい年だろ』って。殺してやりたかった」彼女は目を大きく見開いた。「でもやってませんよ！」

「ウェインがこのことを知らないというのは絶対に確かなの？」

ジェシカはうなずいた。「友だちたちがディスコでお酒をおごってくれた男性のことをウェインにしゃべっちゃったけど、おじさんだったって言ったので安心したみたい」

「ジョン・ショーパートは恐喝者だと信じる理由があるんだけど、そのことを知っていた？」

ジェシカは首を振った。

アガサは彼女の手を軽くたたいた。「心配しないで。この時代、あなたの年の女性がまだバージンだったのが意外だわ」

ジェシカは苦い笑みを浮かべた。「年配の人たちは、若者ってウサギみたいにやりまくっていると考えているんでしょ。でも、あたしはウェインのために大切にとっておいたの。バーバラ・カートランドの本に出てくる女の子みたいに。いずれウェインに話さなくてはならないわね」

「彼はかなり女性経験があるの？」

「彼も童貞よ。あのくそったれの美容師に汚されるまでのあたしと同じように」

あらまあ、イヴシャムに神の祝福あれ、ここは純潔の最後の家だわ、とアガサは思った。

声に出してはこう言った。「ねえ、あなたは捜査に利用できそうなことは何も話さなかったし、警察は彼が恐喝していた人だけに興味があるの。だから女同士だし、こうしましょう。あなたに会ったことはボスには言わないようにする」

「まあ、ありがとう。あなたのお名前は何でしたっけ？」

「それはどうでもいいのよ」アガサはかすかなパニックを感じながら言った。この娘を警察が見つけだしたとき、すでに警官に質問されたと答えたらどうしよう！

「本当にご親切に」ジェシカは言った。安堵のせいで顔が輝いている。

アガサは足早に立ち去った。でも、と頭の中の声があら探しをしていた。万一ウェインがそのことを知って、復讐したのだとしたら？ウェインの住所を教えてもらうべきだったかもしれない。でも、もう訊けないわ。刑事になりすましただけで、かなり危ない橋を渡ってしまったのだから。イヴシャムで二度とジェシカに会いませんように。わたしが警察と関係ないことが永遠に彼女に知られませんように。

アガサは車に戻ったときにはぐったり疲れていた。こんなごたごたはすべて忘れ、草地にすわって静かに流れていく川を眺めていられたら、どんなに安らぐだろう。イヴシャムの住人たちは野心に毒されていないように見えた。ええ、それなのよ、アガサ・レーズン。野心のせいなのよ。警察に自分の方が優秀だということを見せつけたいの。

それから考えた。ドラッグを打っている娘、ベティについて愚痴を言っていた女性はどうだろう？　夫の名前はジムだった。どうやって見つけよう。ジョシーからは聞きだせそうもない。まぬけなチャールズ、ジョシーからそれを聞きだすべきだった。でもギャリーがいた。ギャリーに予約を入れたら、何か聞きだせるかもしれない。

アガサは前回彼にセットしてもらったときチップをあげなかった。できあがりに憤慨したからだ。店に入っていって彼の手が空いていれば、前回の失策をわびて、たっぷりチップをはずむところから始めよう。ウスターに行くのは後回しにすることにした。

マーズタウ・グリーン駐車場に車を入れると、そこからハイ・ストリートを歩いて〈イヴ〉に行った。イヴは女性のお客にパーマをかけていた。それ以外に店内に客の姿はなかった。

ジョシーがほとんど嫌悪を隠そうともせずにアガサをじろっと見た。「ギャリーは空いている？」アガサはたずねた。

「連れてきます」ジョシーはぶっきらぼうに言った。

ジョシーは奥に消えていき、まもなくギャリーを連れて戻ってきた。

「たまたまキャンセルがあったんです」ギャリーはうれしそうに言った。アガサにシャンプークロスをかけると、シャンプー台に連れていった。アシスタントがいないわ、とアガサは気づいた。商売がうまくいかなくてクビにされたの？　クロスの下でもぞもぞ手探りして、ジャケットのポケットから五ポンド札をとりだした。「どうぞ、このあいだチップを渡すのを忘れたから」

「ありがとうございます」ギャリーは見るからに表情が明るくなった。

「今日はとても静かね」アガサは言った。「ブロードライだけお願いしたいの」

ギャリーは周囲を見回すとアガサにかがみこんだ。「どうなっているのかわからなくて。ミスター・ジョンのお客さまは最初はいらしていたんですが」

「別の店に行ってしまったの？」

「通りの先の〈トマス・オリヴァー〉に行ってるんじゃないかと思います」

「そこは評判がいいの？」

「あっちには行ったことがないので」

アガサは髪の毛がシャンプーされ、また鏡の前に連れ戻されるまで待った。イヴがドアから出ていった。「すぐ戻るわ、ギャリー」彼女はつっけんどんに言った。「お店をよろしく」

「ああ、行ってしまった」ギャリーは言った。「もうちょっと待っていてもよさそうなものですよね。飛び込みでいらっしゃるお客さまもいるんですから」

「あなたもこの店ではあまり楽しそうじゃないわね」アガサは同情をこめて言った。

「すごく退屈です。静かすぎて」彼はドライヤーを手にとった。

「〈ミスター・ジョン〉はいつもお客と噂話であふれていたものね。しかも女性たちの話すことといったら！　ご主人のジムと娘のベティについて、いつもしゃべっていた人がいたでしょ。娘がドラッグを打っているとまで言ってたわ」

「ああ、それはメイヴィス・バークです。彼女の言うことは何もかも割り引いて聞かなくちゃなりませんね」

「地元の女性？」

「ええ、フォー・プールズ団地の新しい家の一軒に住んでます」彼はドライヤーのスイッチを入れて、忙しく作業にとりかかった。

住所を知っているかとは訊けないわ、とアガサは思った。それではやりすぎだ。郵便局に行って、バークで電話帳を調べてみよう。

アガサはやる気まんまんのギャリーの仕上げに暗い気分で身を任せた。前回もギャリーはひどかったが、今回はさらに悪かった。アガサは悲しげに大きくふくらんだヘアスタイルを眺めた。

「とてもすてきだわ」泣きたい気分で言った。またチップをあげ、ジョシーに支払いをするとハイ・ストリートに出た。

郵便局の電話ボックスに入ると、自宅の留守番電話をチェックした。「メッセージはありません」と小さな声がぎこちないしゃべり方で言った。アガサの耳にはその声がいかにも満足そうに聞こえた。さあ、現実に向き合って。チャールズはわたしと寝たけど、もう去っていった。わたしは一人きりなのだ。

アガサはカウンターでウスターシャーの電話帳を借りると、バークの列に指を滑らせていった。フォー・プールズ団地には一人しかバークがいなかった。J・バークだ。チャールズに目に物見せてやる。警察を出し抜いてやる。みんなに一人でやれるってことを見せてやる。アガサはハイ・ストリートを歩いて駐車場に行った。ちらっと店のウィンドウに映った自分の姿を見て背筋が凍りついた。ああ、探偵仕事のせいで、こんな目にあうなんて。

アガサはフォー・プールズ団地に向かった。イヴシャムは急速に発展していた。新しいマクドナルドが二週間ほど前にでき、大きな新しいパブが二カ月ほど前に開店した。もうじき田舎はなくなるだろう。アガサはこれまで軽蔑してきた人間になりかけていた。つまり、田舎じゃなくて他の場所に住めばいいでしょ、と田舎に引っ越してこようとしている人々に言う偏屈なタイプの人間だ。

車から降りる前に、アガサはバッグからくしをとりだし、スプレーで固めた髪が少し平らになるまでくずした。

覚悟を決めてきれいな庭の小道を歩いていくと、ふいに憂鬱の波にのみこまれた。チャールズにこんな冷たい扱いを受けたせいで、ジェームズを激しく求める気持ちが再燃してきたのだ。そして、ジェームズが持ってもいない暖かさと愛情を期待していた。

ドアベルを鳴らした。

ドアが開いた。アガサはメイヴィスだとすぐにわかったが、メイヴィスの方はアガサが誰なのかわからないようだった。

「言っときますけど、うちは毎週日曜にミサに行っているのよ」メイヴィスがぶっきらぼうに言った。「あなた方みたいな連中とは一切関わりを持ちたくありません!」

ドアが閉まりかけた。

「エホバの証人じゃありません」あわててアガサが言った。「ミスター・ジョンの店のお客なのよ」

ドアがまた開いた。「あの亡くなった人？」

「殺されたのよ。ちょっと話ができないかしら？」

「わかりました、入ってください」メイヴィスはこれといって目立つ特徴のない平凡な顔立ちをしていた。淡いブルーの目と驚くほどつやつやしたおしゃれなスタイルのストレートの髪。

居心地のいいリビングに案内してくれたメイヴィスは恐怖も不安も一切見せなかった。「すわってください、ええとミセス……？」

「レーズンです。アガサと呼んでちょうだい」

「そう、アガサね。お茶を淹れてくるわ。ちょうどやかんをかけて、お茶を一杯飲もうとしていたところなの」

メイヴィスが部屋を出ていくと、アガサはあたりを見回した。なんとなく薬物依存症の娘は不潔な環境で暮らしていると思っていた。しかし、リビングには金と茶色の三点セットのソファが置かれ、偽の石炭をくべた電気の火が明るく輝いている。壁には額入りの家族写真、暖炉の上には十字架。コーヒーテーブルには女性誌とテレビガイドが置かれていた。

しばらくしてメイヴィスがトレイを手に入ってきた。大きなティーポットとバラの模様の陶器のマグ、それにピンクと白のアイシングが鮮やかなケーキの皿までのっている。

「ひどい話よねえ」メイヴィスはお茶を注いだ。「しかも、彼のことはよく知っていたと思っていたのに！」

「お客として？」アガサはとても濃くて強いお茶のマグを受けとりながらたずねた。

「あら、ちがうわ。一度ディナーに誘われたこともあるの。あなたは何をお知りになりたいの？」

「実は素人探偵をしているのよ」アガサは控えめに言った。というのも、自分の努力には素人という言葉はふさわしくないと内心では自負していたからだ。

「ああ、思いだした。いつか新聞に出ていたでしょ。ご主人が殺されて。なんだかわくわくするわね。まるでテレビドラマみたい、ジムに話してあげたらびっくりするわ」

ジム、あのひどい男！　アガサはとまどいを覚えはじめた。

「ジョンはどうしてあなたのような既婚女性を誘ったのかしら？」

「そうねえ、すべてはお隣のセルマ・フィッグスとした賭けが発端だったの。彼女はミスター・ジョンが映画スターみたいだと言いだしたの。『あんないい男とはとうていつきあえないわよね、そうでしょ、メイヴィス？』って言った。そこで『十ポンド賭けてもいいわよ』とわたしは答えたの。ミスター・ジョンが女好きだということは知っていたし、はっきり言って、彼はいつも野暮ったい女性に誘いをかけているようだったから」

アガサはぎくりとした。

「それで不幸な家庭生活について彼に聞かせたってわけ。その話はメロドラマからでっちあげたの。すると彼はディナーに誘ってきた。ジムに報告して、二人で大笑いしたわ。『続ければいい』ジムはけしかけた。『楽しんでおいで。そのまぬけに支払いをさせればいい……』」

「それで、ジョンはあなたに言い寄ったの？」アガサはたずねた。

「いいえ。彼はとても礼儀正しくて、高級なおいしい食事をごちそうしてくれた。もちろん、作り話を続けていくことがちょっと負担になったけれど」

「お金のことは訊かれた？」

「どうだったかしら。ああ、たしかに訊かれたわ。ジムの職業は何かって。チェルトナムでバス製品のセールスをしていて、充分なお給料をもらっているって答えたわ。でもベティの大学の学費やジャックが毎週のようにコンピューター関連の製品が必要になるので、帳尻があわせられるのは奇跡に近いって」

メイヴィスはお茶を飲み、眉根を寄せた。「他に何かあったかしら。そうそう、わたしのような女性はとても賢いから、ちょっとしたへそくりがあるでしょうってたずねられたの。わたしはそれを笑い飛ばして、ジムからもらうお金しかないわって答えたの。それっきり二度と誘われなかったわ。たぶん嘘つきだと思われたのね」

お金がないとわかったからよ、とアガサは心の中で思った。「だけど、そうした話を彼にしていたとき――ベティが薬物依存症だってしゃべっているのが聞こえたんだけど、誰かが警察に通報するんじゃないかって心配じゃなかったの？」

メイヴィスは目を丸くしてアガサを見た。それからのろのろと言った。

「そんなこと、考えもしなかった。だって、美容院ではみんな好き勝手なことをべらべらしゃべっているでしょ？ そもそもドライヤーの音がしているときにしゃべっているから、誰かが聞いているなんて思ってもみなかった。わたしの話がお役に立つのかしら。誰があんな残酷なやり方で彼を殺したの？ それになぜ？」

アガサはカップを置いて立ち上がった。「これはわたしの名刺よ。興味深いことを耳にしたら、知らせてちょうだい」

「ありがとう。あら、ケーキを召し上がってないわ」

「おなかがすいていないの」アガサはにっこりした。

メイヴィスはドアまで送ってきた。「さよなら」彼女は陽気に言った。「こっちの方に来たら、また寄ってくださいね」

さてこれからどうしよう？　アガサは考えこんだ。これは時間のむだだったわ。


アガサが出てきたこぎれいな家の中で、メイヴィスはすわりこみ、両手で口を覆った。それから小さく身震いすると、壁にかけた自分の写真に微笑みかけた。そこにはずっと若いメイヴィスがいた。ブロンドで脚がすらっとしたメイヴィスが《猫ちゃんと長靴》というパントマイムの公演で主人公の少年を演じたときのものだ。

「本物の女優になれたかもね」メイヴィスは声に出して言った。


アガサは家に帰って猫たちにえさをやり、しばらくいっしょに遊んだ。それからメッセージがないか留守番電話をチェックした。何もなかった。こんなの馬鹿げてる。チャールズにさっさと電話すればいいじゃない？　もしかしたら病気なのかもしれない。

　受話器をとろうとしたとき電話が鳴った。やっとチャールズがかけてきたのね。受話器をとった。「ロイです」ロイ・シルバーだ。

「何の用？」アガサはつっけんどんにたずねた。

「数日お休みがとれたんです。あなたに会いに行こうかと思って」

「残念ながら忙しいの」

「ああ」

　その「ああ」には失望がにじんでいたが、いきなり会いたいと言ってきたのは、ロイのボスがアガサに手がけてほしいと思っているPR案件が生じたにちがいない、と皮肉っぽく推測した。

「実は、今コンロに鍋をかけているの」アガサは嘘をついた。「またあとで折り返すわ。家にいるの？」

「ええ、でもわざわざかけてくれなくてもいいですよ」ロイは不機嫌に言った。

「また電話するわね」アガサは受話器を置き、チャールズの番号にかけた。伯母が電話に出てきた。

「ああ、ミセス・レーズン」アガサが名乗ると彼女はか細い声で言った。「チャールズはお客さまの相手で忙しいの。とても重要なことかしら?」

「彼が興味を持ちそうなことを発見したんです」

「ちょっと待って。電話に出られるか見てくるわ」

電話はチャールズの家の羽目板張りですきま風が入る洞穴のような玄関ホールに置かれていた。伯母がヒールで寄木張りの床をカツカツと歩いていく音が聞こえた。それから客間のドアが開き、騒々しい話し声と笑い声がどっとあふれてきて、またドアが閉まると静寂が戻った。

チャールズがなかなか電話に出てこないので、アガサは切ろうかと思った。しかしそのとき、また客間のドアが開く音がして、話し声と笑い声があふれ、それからチャールズの声が聞こえてきた。「やあ、アギー」

「電話を待ってたのに」アガサは不満そうに言った。

「ああ、事件のこと?」

いいえ、わたしたちの関係よ、とアガサは怒鳴りたかった。わたしと愛を交わしたことを覚えてないの?

「ええ、発見したことを話すわ」

チャールズは耳を傾けてから言った。「あなた一人の方が活躍できるみたいだね」

「電話したのはね」とアガサは続けた。「ポーツマスに行くのはいつにするか訊こうと思ったの」

「行けない」

「どうして？　時間のむだだと思うの？」

「いや、そうじゃない。すごくすばらしいことが起きたから。ここにいる女の子のせいでね。信じられないことに、わたしは恋に落ちたんだよ」

「それなら、時間はとらせないわ」アガサは感情を殺した声で言った。

電話を切るとかたわらの椅子にすわりこみ、みじめな気分で宙を見つめた。

コテージの静寂がふいに重くのしかかってきた。一人ぼっちだった。さらに外にはミセス・ダリをとてもむごたらしく殺した犯人がいる。誰もアガサ・レーズンなんて求めていないのだ。たぶん彼女を黙らせたがっている殺人鬼以外には。カースリーで、あの有名な探偵アガサ・レーズンの本拠地で、殺人が起きた。なのに、記者は一人もやって来ていない。でも、警察は前にも手柄を横取りしてしまった。アガサ・レーズンが死体を発見したというのに。おそらく警察はそのことをマスコミに話していないにちがいない。

しぶしぶロイの番号にかけた。「さっきは失礼な態度をとってごめんなさい」彼が出てくるとアガサは謝った。「よかったら心から歓迎するわよ」

「朝の十一時半ぐらいに着く列車に乗るつもりです」

「それはグレート・ウエスタンそれともテムズ・ターボ？」

「ぼくに訊かないでください。英国鉄道の時代に生まれているんですから。でも、どうして？」

「ときどき運行中止になる列車だからよ。止まってたらオックスフォードまで列車に乗って。駅まで迎えに行くわ」

「わかりました。じゃ、そのときに」

アガサは受話器を置き、ロイとその面の皮の厚さに感謝した。それに数日休みをとったのなら、ポーツマスにいっしょに行ってくれるかもしれない。チャールズの無神経さには驚きあきれた。わたしとベッドをともにしたくせに、その直後に別の女性と恋に落ちたなどとよくもまあ言えるものだ。

小さな頃に男の子たちと遊びに行ったら、意地悪をされ石を投げつけられたことが思いだされた。アガサは顔から血を流しながら家に逃げ帰って、母親に泣きついた。

「よくない子どもたちと遊んじゃいけない、って言ったでしょ」母は怒ったものだ。

「ほら、これでどうなるかわかったでしょ」

しかも、わたしはその教訓をいまだに学んでいないのだ、とアガサは悲しかった。ずっとよくない子どもたちと遊んできたのだ。

風の強い日で、赤い木の葉が駅の駐車場にはらはら舞い散っているときにロイの列車が奇跡的に時間どおりに到着した。水色の空を大きなふんわりした雲が流れていく。ロイはアガサの両頬にエアキスをして、ムッ、ムッという音を立てた。

「会えてうれしいですよ、アギー」アガサは胸がズキンとした。チャールズも彼女をアギーと呼ぶ。

「元気そうね」アガサは嘘をついた。心の中では、細い髪の毛もとんがった顔も、きつすぎるジーンズとボンバージャケットも、相変わらずみすぼらしくて不健康に見えると思った。

「田舎の空気を吸えば、少し健康になりますよ。美容師殺人の調査の進展について話してください」

カースリーまで戻る道中で、アガサは発見したことをすっかり話してやった。ただし、チャールズの名前は割愛した。最後にこうしめくくった。「ポーツマスまで行く気はない？　彼の過去を探ったら、何か見つかるっていう勘がするの」

「一日リラックスする日をください。それから行ってみましょう」

「仕事の調子はどう？」

「とても順調ですよ。実を言うと、また昇進しました。〈ゴールド・ダック〉という新しいレストランがストラットフォードにあるんです。勝手ながらディナーのテーブルを予約しておきました」

アガサのコテージに着くと、ロイは荷物を予備の寝室に運んでいってから、キッチンにいるアガサに合流した。

「で、ジェームズはどうしているんですか？」

「音信不通よ。海外のどこかにいるみたい」

「だからと言って、老けこむ理由はないでしょう」

「何を言ってるの？」

「白髪が出てますよ」

アガサは動揺して悲鳴をあげると、バスルームに駆けあがっていった。髪の根元をのぞきこんだ。彼女は髪がすぐ伸びる。地毛が生え際に顔を出していたが、まちがいなく白髪もいっしょに現れていた。

アガサはまた一階に走りおりてきた。「我慢できないわ。カラーをしてもらわなくちゃ。ああ、来る日も来る日も美容院で過ごしているみたい！　ええと、ギャリーはみんなどこに行くって言ってたかしら？　そう、〈トマス・オリヴァー〉だわ。あなた一人で楽しんでいてね」

電話するとちょうどキャンセルがあったと言われ、三十分後に予約を入れてくれた。

「じゃね」アガサはロイに叫ぶと車のところに走っていった。

その美容院は〈イヴ〉や〈ミスター・ジョン〉よりもあかぬけた店で、友好的な雰囲気が漂っていた。経営者のマリー・スティールがすぐに来るのですわって待つようにと言われた。アガサは店内を興味しんしんで見回した。とても混んでいる。いい兆候だ。

そのときマリーが現れた。親しみやすい笑顔の魅力的なブロンドだった。

「カラーチャートを持ってきました」そう言って、アガサの膝にチャートを広げた。

「地毛と同じカラーにしたいですか？」

「ええ。できるだけ自然な感じにしたいの」

「じゃあ、これは？　あるいは、ちょっぴり鳶色の入った暖かい感じがお気に召すかもしれませんね」

アガサはチャールズのこと、ジェームズのこと、失われた愛のことを思った。「少しわざとらしく見えない？」慎重になってたずねた。

「とてもお似合いになると思いますよ。ルーシーにどの色を混ぜたらいいか指示します。そのあとでブローはわたしがいたしますね」

ルーシーはほっそりした優雅な女性でモデルのようだった。店の奥の椅子にアガサをすわらせると、手際よくアガサの髪の根元を染めはじめた。何日かぶりにアガサは心が和んだ。美容院につきものの噂話が周囲で飛び交っている。イラン生まれのモートはノンストップでしゃべっていた。シチリア出身のガスはお客を笑わせていた。ケヴィンは美しい青年で、髪を洗ったりコーヒーを出したりしている。そして有能なマリーはここかと思うとあちら、というように飛び回っていた。

ようやくアガサは髪をシャンプーしてもらい、マリーのところに案内された。

「さて、どういうふうにしましょうか？」マリーはヘアドライヤーを手にとった。

「ストレートに仕上げて。いつもサラサラのボブにしているの」

「わかりました。鳶色の色合いのおかげでとてもすてきに見えますよ」

マリーは手早く作業をした。美容院はだんだんすいてきた。アガサをのぞけば、残っているお客は一人だけだった。

とうとう、アガサはつやつや輝く髪を満足そうに眺めた。「まあ、気に入ったわ」

アガサはほっとして言った。

「あなたの髪はとてもいいコンディションですね」マリーがアガサの横にすわった。

「イヴシャムにお住まいですか？」

「いいえ、カースリーよ」

「レーズン！ そうだったのね！ 名前に聞き覚えがあると思ったわ。そうそう、ご主人が殺されたんですよね」

「ええ、でももう乗り越えたわ」

「それにジョン・ショーパートが亡くなったときにその場にいたんでしょう？」

「恐ろしいできごとだった」

「そうでしょうとも」

「美容院で殺人騒ぎが起きるなんて予想もしないもの」

マリーは笑った。「それはどうでしょうね。かつて、わたし自身殺してやりたいと思ったことがありますから」

「いやなお客を？」

「いいえ、他の美容師です。映画みたいでしょ。ライバルだらけだし、嫉妬もすごいんです。去年、スタッフの大半をライバルに引き抜かれたんです、クリスマス直前に。すっかり落ち込んで、もう仕事を続けられないと思った。でも、今はすばらしいチームができたわ」

「見ていてわかるわ」アガサは言った。「次の予約を入れていくわね」

アガサは支払いをして店を出ると、風でつややかな鳶色の髪がだいなしにされるといけないと思って小走りに車に戻った。


「ぐんとよくなりましたね」家に帰るとロイが言った。「猫たちを庭に出しておきました。えさはやりましたか？」

「ええ。電話は？」

「貴族の友人から」

「チャールズ？」

「ええ、彼です」

「どういう用だったの？」

「言いませんでした。かけてみたらどうです？」

「あとで」アガサはつぶやいた。

「さて、調べに出かけますか？」

「そうねえ、あなたが元気なら、明日ポーツマスに行きたいわ。美容院で時間をとっちゃったから、今日はもうあまり時間がないわね。お風呂に入って着替えて、一杯飲んでテレビを見てから出かけましょう。何時に予約を入れたの？」

「八時です」

アガサはあえて念入りにメイクをしてドレスアップした。ロイではなく、わくわくする男性と外出するかのように。ロイは何年も前に見習いとして自分の会社に雇った青年だった。彼は特にポップグループのPR担当者としては有能だった。相手のミュージシャンに仲間だとみなされたせいだ。

アガサが下りていくと、ロイはテレビの前でくつろいでいた。「着替えないの？」

アガサはたずねた。

「最近はディナーのためにドレスアップする人なんていませんよ」ロイはリモコンで目的もなくチャンネルをあちこち変えている。

「わたしはするわ。だからあなたもそうして。さ、急いで！」

ぶつくさ言いながら、ロイは着替えるために二階に上がっていった。

ストラットフォード＝アポン＝エイヴォンのレストランは混雑していた。二人は他のお客がよく見える隅のテーブルに案内された。

そのときアガサはチャールズを見つけた。いかにもチェルシー出身らしい金持ちそうな若いブロンド女性とすわっていた。彼はジョークを言ってにぎやかに笑っている。アガサは女の子が退屈そうなのを見てとり、ひねくれた満足感を味わった。

ロイは経費がたっぷり使えるかアガサが払うなら、いつもメニューのいちばん高い料理をすべて頼む。しかし今夜は案の定、あまりおなかがすいていないと言って、前菜は抜かし、アガサがウズラとサラダを食べ、さらにステーキ、ベアネーズソース添えを食べているのを暗い顔で眺めながら、自分はメインにパスタを注文した。ロイはハウスワインを頼むと、作り笑いをしながらこう言った。「それ以外のワインを頼む理由がわかりませんよ。ぼくはいつもハウスワインでもおいしいと思ってます」

ああ、ジェームズ、とアガサは思った。あなたはケチではなかったわ。あなたが今このレストランに入ってきたら、すべてを許しそうな気分よ。

若い男性がチャールズのテーブルに近づいていき、彼の連れに挨拶した。彼女は青年をチャールズに紹介し、何かチャールズに頼んだ。チャールズはしぶしぶうなずいた。ウェイターが呼ばれ、もうひとつ椅子が持ってこられ、青年はチャールズと連れの女性に加わった。彼女は顔を輝かせて青年に話しかけ、すべての注意を彼に向けた。かたやチャールズはおどけたことをいくつか口にしたが、二人のどちらにも無視され、それっきりむっつりと黙りこんだ。

「復讐するは我にあり」アガサが言った。

ロイは不思議そうに彼女を見た。「なんですって？」

「なんでもないの。そうね、明日はポーツマスに行きましょう」

7

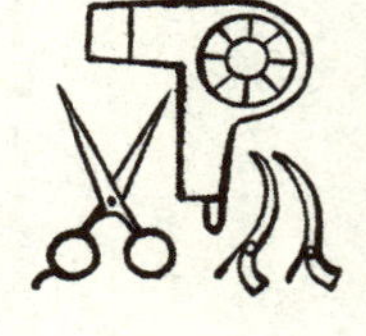

翌日、ポーツマスに向かって高速道路をロイが飛ばしているあいだ、アガサは落ち着かない気持ちで助手席にすわっていた。その日アガサは猫をコテージに置いてきたかったのだが、殺人犯が彼女を探しにやって来て、復讐のために猫に危害を加えるかもしれないとロイが指摘したのだ。そこで念のためホッジとボズウェルはキャリアーに入れられ、掃除を頼んでいるドリス・シンプソンのところに預けられたのだった。危険な目にあうかもしれないと不安に駆られているおかげで、チャールズに対する胸の痛みが鈍ることに気づいた。

「ポーツマスは大きな町ですよ」ロイが言った。「だから数え切れないほど美容師がいるにちがいない」

「数カ所でたずねてみるしかないわね」アガサは言った。「あ、しまった！」

「どうしたんです？」

「防犯アラームを作動させてくるのを忘れたの。いつも作動させるのに」

「戻りますか？」

「もういいわ。すでにかなり来ちゃったし。何もかも無事であるように祈りましょう」

「あのお、たぶん大丈夫だと思いますよ」ロイは言った。「じっくり考える時間ができたらそう思えてきたんです」

「どうして？」

「だって、殺人犯はどうやってあなたが嗅ぎ回っていることを知るんですか？」

「簡単よ。犯人は恐喝されていた人の一人か、ミセス・フレンドリーの夫かマギー・ヘンダーソンの夫だと思うの。ところで、どうしてわたしを訪ねてきたの、ロイ？」

「言ったでしょう。数日休みをとれたので、あなたに会いたくなったんです」

「この前、現れたときはボスがわたしにフリーランスで仕事をさせたがったからだったでしょ」

「どうしていつも最悪の動機を予想するんですか？」ロイは不機嫌になった。「それとも、友情という考えはあなたのひねくれた心では受け入れられないものなのかな？」

「ごめんなさい」アガサは小声で謝った。「つい勘ぐらずにはいられなくて」

「さて、ポーツマスに着いた。中心部に停めますか？」

「そうね、ジョンはどこか中心部に店を持っていたでしょうから」

何度かいらだたしい交通渋滞にひっかかったあとで、ようやくロイはクイーン・ストリートのパーキングビルに空きスペースを見つけた。

「これからどうします？」ロイは朝の買い物客に混じって歩きだしながらたずねた。

「図書館か郵便局で職業別電話帳を見つけ、いちばん近い美容院からあたってみましょう」


最初の美容院で大当たりを引き当てた。〈極上のカット〉という名前の店だ。女性経営者メアリー・マリガンはジョン・ショーパートを知っていた。

「クイーン・ストリートの裏手に店を持っていたの」彼女は言った。「〈ミスター・ジョン〉という店よ。数年前まで彼と奥さんで経営していたわ。それから店が火事になった。放火よ。自分たちで火をつけたという噂だったわ。だけどジョンは保険金を手に入れた。店は彼の名義だったから。そのあと、奥さんのエレイン・ショーパートは自分の店を作ったけど、あまりうまくいかなかった。ジョンは店を改装してうまくやっていた。でもその後、店を売って消えてしまった。そして奥さんは――そのときにはもう離婚していたけど――店を売り、やっぱり姿を消したの」

「彼がどこに住んでいたか知ってますか？」

「知らないわ。ちょっと待って。裏に古い電話帳がある。捨ててないの。そこに出ているかもしれないわ」

彼女が探しに行くあいだ二人は待っていた。ドライヤーがブーンとうなり、空気にパーマ液の卵の腐ったような臭いが漂っていた。窓ガラスの向こうでは、人々が行き交っている。もしかしたらあのうちの一人がジョンに恐喝されたのかも。あのうちの一人がイヴシャムまで彼を追っていったのかも。

「ついてたわ」メアリーは小走りに戻ってきた。「ここにある。ショーパート。ブラックスミス・エンド、二番地。ブラックスミス・エンドは町の西にある個人開発業者のプロジェクトよ」

彼女は行き方を教えてくれた。

「さて、これで行き先ができましたね」ロイは車をとってきて言った。

ブラックスミス・エンドは石造りの家々が立ち並ぶ静かな袋小路だった。手入れの行き届いた芝生が家の前にあり、窓辺でレースのカーテンが揺れるとても静かな郊外住宅地だ。

二番地のこぎれいな私道を歩いていきドアベルを鳴らすと、ビッグ・ベンの鐘の音と同じチャイムが響いた。

家と同じようにこぎれいで小柄な女性が現れた――きちんとしたパーマ、きちんとした小柄な体型、短いペンシルスカートにテイラードのブラウス。

「訪問セールスの商品は買わないことにしています」彼女は言った。

「ジョン・ショーパートについてちょっと質問したいだけです」

「だけど、警察にすべて話しましたよ！」

アガサは自分がずぶの素人のように感じられた。当然、警察は彼の背景をチェックしているだろう。

「わたしは彼が死にかけているときに現場に居合わせたんです」アガサは言ってみた。

「どうぞお入りください。わたしはミセス・レーヴァーです」

「アガサ・レーズンとロイ・シルバーです」アガサは彼女のあとからピカピカに磨かれたリビングに入っていきながら自己紹介した。ドニゴールツイードのソファ三点セット、ガラスのコーヒーテーブル、ステレオ、テレビ。緑が鮮やかな鉢植えの植物がいたるところに置かれている。

「彼は奥さんとここに住んでいたんですか？」

「いいえ、離婚したあとでここに越してきたんだと思います」

アガサは何を質問したらいいんだろうと思いながら、鉢植えを見回した。

「誰かが彼を探して訪ねてきましたか、あなたがここに越してきたあとで?」

「二人の女性が——いっしょじゃありません——別々に。とてもがっかりしているようでした」

「その二人の名前はわかりますか?」

「いいえ、彼はもういないと言うと、どこに行ったのかと訊かれました。でも、転居先の住所を残していかなかったんです」

「それは妙ですね」ロイが言った。「郵便物はどうしてたんですか?」

「ただ『宛先人不在』と書いて、郵便屋さんに返してました」

アガサはミセス・レーヴァーの顔がほんのり赤らむのに気づいた。しかも両手をそわそわと膝の上でねじっている。

「それはけっこう面倒でしょうね」アガサは言った。「すべての郵便物を配達人に返すのを忘れないようにするのは。わたしも最初に今のコテージに引っ越してきたときに、そういう羽目になったんです。すっかり辟易して、二通の手紙を返し忘れてしまって。こんなことを言うのは恥ずかしいんですけど、二カ月後、暖炉で燃やしてしまいました。あなたもそうなさったの？」有無を言わせぬ口調でたずねた。

「まあ、そんなことはしません。犯罪よ！」ミセス・レーヴァーは言った。「でも……」

「でも、何ですか？」アガサは身をのりだした。「まだ手紙を持っているんですね？」

彼女はまた顔を赤らめた。「彼がポーツマスからいなくなって、かなりたって届いたんです。主人は仕事でいなくて、わたしはインフルエンザにかかっていたのでキッチンの引き出しに入れて、風邪がよくなったら郵便配達人に渡そうと思っていました。でもすっかり忘れてしまって、いまさら渡すのも恥ずかしくてそのままに」

アガサは興奮のあまり心臓の鼓動が激しくなるのを感じた。「わたしたちに渡してくれればウスター警察に届けますよ。心配する必要ないわ。ドアマットの下にひっかかっていたって言いますから」

「あら、そんなこと言ってもらったら困ります。わたしが自分の家のドアマットの下を掃除していないと思われてしまう」

アガサはいらっとして彼女を見つめた。

「じゃ、郵便受けから滑り落ちて、廊下の幅木の隙間に落ちていたって言うわ」

「だけど、幅木には隙間なんてないわ。うちはとても手入れの行き届いた家なんです!」

アガサはいらだちのあまり髪の毛をかきむしりたくなった。

心を落ち着けるとやさしく言った。「じゃあ、真実を伝えます。あなたは病気だった。キッチンの引き出しに入れて、わたしたちが訪ねたときにふと思いだした」

「困ったことになりません?」

「全然。わたしはとても警察と親しいし、これまでに何度も事件解決のお手伝いをしているのよ」

「まあ、それなら……」

ミセス・レーヴァーは立ちあがるとキッチンに行った。

アガサはロイを見て、目玉をぐるっと回した。あの愚かな女が心変わりしたらどうしよう?

しかし、ミセス・レーヴァーは戻ってきてアガサに分厚い茶色の封筒を差しだした。

アガサはひったくらないように必死にこらえなくてはならなかった。

彼女は立ち上がった。「そろそろ失礼します」

「何が入っているか見ないんですか?」ミセス・レーヴァーがたずねた。

「いいえ。その仕事は警察に任せるわ。行きましょう、ロイ」

二人は逃げだした。車に乗りこむと、ミセス・レーヴァーが呼び止めた。「あなたの住所と名前をお訊きしておいた方がいいですね。ミセス・アンダーソンでしたっけ？」

「車を出して！」アガサはロイに言った。「警察に電話したときのために、あの人にはミセス・アンダーソンだって思わせておけばいい」

ロイはアクセルを踏みこんだ。

「この界隈から出たら、どこかで停めて」アガサは命じた。「そして手に入れたものを調べましょう」

ロイはしばらく走ってから、脇道に入った。

アガサはハンドバッグに突っ込んできた封筒をとりだした。開けようとしたとき、ロイがその手をつかんだ。

「まずいんじゃないかな。やっかいなことになりますよ。これは警察の証拠です」

「わたしが見つけたのよ。警察は見つけられなかった」アガサが主張した。「手をどかして、ロイ。わたしが責任をとるから」

彼女は封筒を開けた。五十ポンド札が詰めこまれていた。「恐喝された人からのお金にちがいないわ。手紙も入ってる」

アガサは便せんをとりだして開き、読み上げた。「これしかもう用意できません。あなたは本当に冷酷で悪い人間だったんですね。すてきなひとときを過ごしたのに、こんな真似をするなんて信じられません。ハリエット」アガサはお札を勘定した。

「五千ポンドあるわ！」彼女は叫んだ。

「住所は書いてありますか？」

「ええ、ポーツマス、ハンソン・ストリート十四番地A」

「本屋に寄って地図を手に入れた方がよさそうですね」

地図を買って調べると、ハンソン・ストリートは町の中心部のロンドン・ロードから伸びる小さな通りだった。

「あの駐車場に戻るしかないですね」ロイがうんざりしながら言った。「そしてどこかスペースが空いていることを祈りましょう」

一台の車が出てスペースが空くまで、いらいらしながら三十分も待たねばならなかった。徒歩でハンソン・ストリートに向かった。十四番地Aは店の地下だということがわかった。

「あまり羽振りがよさそうには見えないわね」アガサは階段を下りながら言った。

ロイがベルを鳴らした。疲れた顔の中年女性がドアを開けた。

「ハリエットですか？」アガサがたずねた。

「ええ、どなたですか？」

「これを持ってきたんです」アガサはお金の詰まった封筒を渡した。

ハリエットの顔は土気色になった。

「警察なの？」

「いいえ。恐喝していたろくでなしが、墓の中から人々の人生を破滅させ続けていないか確認しているただの二人の一般人です。入ってもいいですか？」

封筒をしっかり握りしめながら、ハリエットは二人を色鮮やかな布地が散らばり、大きなミシンが置かれた部屋に通した。

「ドレスメーカーなんですか？」ロイがたずねた。

「ええ、これで生活を立てているわ」ハリエットは疲れたように言った。エネルギーが枯渇してしまったように見えた。

ハリエットはすわりこんだ。「わたしを恐喝しようとしてもむだよ。何も手に入れられないわ」

「あなたを助けに来たのよ」アガサは言った。「そのお金と手紙を警察に届けることだってできた。でも、しなかったでしょ」

「ありがとう。お金は助かるわ」

「自己紹介をさせてくださいね」アガサはきびきびと言った。「わたしはアガサ・レーズンで、こちらはロイ・シルバー。わたしはジョン・ショーパートが毒に当たったときに現場にいたので、真相を探ろうと決めたの。あなたが警察に自分のことを話してほしくないのと同じように、あなたにもわたしのことを警察に話してもらいたくない。これまであったことを話すわね」

そしてアガサはイヴシャムについて、焼け落ちた家について、恐喝されていた他の女性たちについて話した。

「彼がそれほど邪悪な人間ということに、どうして気づかなかったのかしら?」ハリエットはため息をついた。「その布地をどかしてすわってください。わたしはハリエット・ワースよ」

「で、どんなふうに彼の毒牙にかけられたの?」アガサはたずねた。

「彼が他の女性たちの心をとらえたのとそっくり同じやり方でよ。わたしは美容院に行って髪をきれいにしてもらった。他の女性たちとちがって、わたしの結婚生活は幸せだった。ルークはコンピューター会社でいい仕事についていた。ミスター・ジョンに誘われたけど、もちろん断ったわ。でも、彼はそれを笑って気にしなかったし、魔術師みたいに腕がよくてルークも新しいヘアスタイルをほめてくれたので、相変わらず美容院に行っていた。

やがてジョンはわたしを哀れむような目つきで見るようになった。わたしはどうしたのかとたずねた。最初は何も言おうとしなかった。でも話してくれとせがむと、本当にしぶしぶ重い口を開いたんです。ルークが二度ほど美容院に迎えに来たので、ジョンは外見を知っていたの。それで、ある晩、レストランの前を通りかかったら、ルークが若いブロンド女性といっしょにいるのを見かけたんだとか。ルークには何も言わないと約束させられたので、それを守っていたけど、だんだん疑いを感じるようになった。クリスマスが近づいてきて、ルークはしょっちゅう遅く帰るようになったの。新しいゲームに全員が全力で取り組んでいるんだ、っていう話だった」

ハリエットは深いため息をついた。頭上の道をトラックがガタゴトと走り過ぎ、階段の上で子どもが手すりを棒でたたいている。

ハリエットは先を続けた。「ある晩、オフィスを訪ねたの。ふだんは行ったことがなかった。それどころか考えてみれば、鍵を忘れたときに一度行っただけだったわ。ルークは新しい秘書を雇っていた。きれいな若いブロンド女性。入っていったとき、二人は顔を寄せて、何かで笑いあっていた。

そのあと、ある晩オフィスの外で待っていて、二人がいっしょに出てきたのでつけたの。ルークと秘書は一軒のパブに入っていった。

わたしは打ちのめされた。ようやく主人が帰ってくると、どうしてこんなに遅かったのかと問いつめた。すると、いつものように仕事が押しているんだと説明した。秘書とパブに入っていくのを見かけたと言うと、必死に働いているので、家に帰る前に一杯やるために寄った、とおどおどした笑みを浮かべて答えた。

わたしは嫉妬で少しどうかなっていたにちがいないわ。ジョンと出かけることを承知したの。わたしたちはさんざんお酒を飲んだ。ジョンは言った。『そんな状態では家に帰れませんよ。美容院は角を曲がったところです。コーヒーを淹れましょう』でも、店に入ると、ジョンはわたしを奥に連れていって服を脱がせはじめた。わたしはとても酔っ払っていたので、何もかもが夢の中のことのように感じられたわ。彼に抱かれるままになり、そのあと気を失ってしまったの」

長い沈黙が続いた。アガサとロイは鮮やかな布地のあいだにすわり、待っていた。しかし、話がどういう展開になるか、二人ともすでにわかっていた。わたしったら、あんなろくでなしにキスを許したんだわ、とアガサは憤りを覚えた。

「主人には友人のジュリーと結婚祝いパーティーに出かけたと言ってあった。それで少し飲み過ぎたので、彼女の家に泊まったと。それから一週間後――もうジョンの店に行くのはやめていた――ジョンから電話があったの。会った方がいいと言った。その声にはどこか威嚇的なところがあったので、閉店後に店で会った。彼は裸の二人の写真を撮っていたのよ――ぞっとする写真だった。わたしが気絶したあとカメラをセットしたにちがいないわ。五千ポンド払ったら、ネガをくれると言った」

「お金を持っていたの？」アガサはたずねた。

「銀行口座にぎりぎり足りるお金が入っていたわ。もちろん払った。でも、ネガは渡してくれなかった。わたしは恐怖のあまり吐きそうだった。ジョンは冷たく、もっとお金が必要だと言った。もう一度払えば、おしまいにするって。わたしは個人融資を受けたわ」

アガサは室内を見回した。「ご主人は仕事に出かけているんですか？」

ハリエットの目に涙があふれた。「本当につらい悲劇だったの。最後の分を払ったあとで、ルークが出ていったの――例の秘書のせいで。家は彼の名義だった。ええ、弁護士を雇うこともできたわね。でも、あまり落ち込んでしまって、手を打つ気にもなれなかった」

「ショーパートが殺されたことは知ってますか？」ロイがたずねた。

「ええ、新聞で読んで、彼を殺した女性に会ったら握手しようって思ったわ」

「男かもしれない」アガサが言った。

「絶対女性だと思うわ」

「彼の奥さんは？」

「わたしが〈ミスター・ジョン〉に行くようになった直後に離婚したんです」

「どういう人だったの？」アガサはたずねた。

「そうですね、腕のいい美容師ではなかった。でも自分ではわかっていなかったのね。独立してやっていけると思ったようだけど、すぐに彼女のお店はつぶれてしまった」

「外見はどんなふう？」ロイがたずねた。

「ブロンド、髪のボリュームがあって、なんとなく彫像みたいに堂々とした感じだった」

「彼の恐喝に奥さんも関わっていたと思う？」アガサはたずねた。

「わからないわ。彼は離婚後にわたしを口説きはじめたから」ハリエットは両手を組み、アガサを訴えるように見た。「あのネガのことでずっと悪夢にうなされているの」

「火事で焼けてしまったんじゃないかと思うわ」アガサは慰めた。「燃えていなかったら、今頃警察があなたのところに来ているはずでしょ」

「誰か来る」ロイが言った。外階段を下りてくる男性の姿が上の窓から見えた。

「お客が来る予定はないんだけど」ハリエットは言った。立ち上がって玄関に向かったとき、ドアが鋭くノックされた。

「ルーク」ハリエットは叫んで、一歩あとずさった。

アガサは電光石火の勢いで行動した。お金の詰まった封筒を拾い上げると、ハリエットの開いたバッグに突っ込んで金具を留めた。それから布地を手にとり、肩から垂らした。「どう思う?」ルークが部屋に入ってきたとき、アガサはロイにたずねていた。

ルークという名前——ロマンス小説の名前、カウボーイの名前——の男性は陰気な感じのハンサムで気むずかしいタイプだろうとアガサは想像していた。こんなぽっちゃりした小柄で眼鏡をかけた男性ではなく。彼は地下の薄暗い部屋でびっくりして二人を見つめている。

震える声でハリエットはアガサとロイを紹介した。

「お忙しそうね」アガサは言った。「この赤い布がいいと思うわ」

「地味すぎるよ」ロイが言ったので、アガサはじろっとにらんだ。

「そろそろ帰るところだったんです」アガサはきびきびと言った。「ハンドバッグにお代を入れておいたわ」

「で、どう思いますか？」外に出るとロイはたずねた。「和解ですかね？」

「気の毒な女性。和解するといいわね。これからどうしましょ？」

「ポーツマスにはもう飽きたし、まだ食事もしていない。帰ることにして、途中でおいしくて油ギトギトでコレステロールがたっぷりの食事をしたいですね」

「でも、まだ何もつかんでないわよ」アガサは異を唱えた。

「他に何もできることはないんじゃないかな。ジョンは死に、奥さんはどこにいるかわからない。でも警察ならわかるでしょうから、もしかしたらすでに彼女に話を聞いているかもしれない。行き止まりっていう気がしますよ、アギー」

ふいにアガサはどっと疲れを覚えた。本当にこの事件に興味を持っていたの？　それともジェームズから――それにチャールズに対する屈辱から気をそらしてくれるものを求めていただけじゃないの？

結局、大きなぎとついたソーセージとフライドポテトに心が和み、帰り道ではうとうとした。

「殺人犯が訪ねてきていないといいですね」ロイは陽気に言いながら、アガサのコテージの前に車を停めた。

「防犯アラームをセットしてくればよかった」アガサがぶつくさ言った。

「ただの冗談ですよ」ロイはふいに不安になったようだった。

「中に入って問題ないか確認してから、ドリス・シンプソンの家に猫を引き取りにいきましょう」

「どうぞお先に」

「臆病者」

アガサは小道を歩いていき、途中ではっと足を止めた。ロイがドシンと背中にぶつかった。

「どうしたんですか？」彼はひそひそ声でたずねた。

「リビングに明かりがついてるわ」

「ええっ、おまわりさんを呼んできましょう。明かりをつけていったのかな？」

「いいえ、それはないわ。フレッド・グリッグズを呼んできましょう」

アガサの道案内でロイは村の交番まで車を走らせた。暗かったが、上の部屋には明かりがついていた。アガサはベルを鳴らし、フレッド・グリッグズがドシンドシンと階段を下りてくるのを待った。

「フレッド」アガサはドアに出てきた彼に言った。「わたしのコテージのリビングに明かりがついているの。誰かがいるにちがいないわ」

「つけっ放しにしたんじゃないのかね？」

「してないわ、フレッド。わたしが家に帰ってくるのを殺人犯が待ち伏せしていたらどうしよう？」

「制服を着てくるよ。ここで待っていて」

ロイとアガサはフレッドがまた現れるのをじりじりしながら待っていた。

「武器は持ってるの？」アガサは声をひそめてたずねた。

「拳だけだ。催涙ガスもないよ」フレッドは落ち着き払って答えた。

三人でアガサのコテージに戻った。「あれを見て！」アガサは叫んだ。「明かりが消えてる」

「見まちがいだったのかもな」フレッドが言った。

「いいえ、そうじゃないわよね、ロイ？」

「うーん、あなたは見たといったけど、もしかしたら見まちがいだったのかもしれない」

「ここでひと晩じゅう待っていられないよ」フレッドは玄関まですたすた歩いていっ

た。「鍵を、ミセス・レーズン」

アガサは玄関の鍵を渡した。フレッドはドアを開け、ロイとアガサはそのあとにくっつくようにして入っていった。

「リビングはどっちかね？」

「そこです」アガサはリビングのドアを指さした。フレッドはドアを開け、明かりをつけた。

「見て！」アガサが押し殺した声で言った。

テーブルには半分飲みかけのウィスキーのグラスが置かれ、新聞が床に落ちていた。

「あなたのではないんだね？」フレッドがひそひそたずねた。

アガサは首を振った。

「ここで待っていてください」フレッドは部屋を出ていき、ダイニングとキッチンを調べた。

フレッドは戻ってきた。「二階もちょっと見てこよう」

「わたしもいっしょに行くわ」アガサはささやいた。守ってくれるのがひょろっとしたロイしかいないのに、廊下にとり残されたくなかったのだ。

フレッドがそっと階段を上がっていくあとから二人もついていった。フレッドはアガサの寝室のドアを開けた。何もないし、誰もいない。それからバスルーム。濡れたタオルが床に放り投げられている。

「最後の部屋だ」フレッドがささやき、予備の寝室のドアを開けた。彼は手探りで明かりのスイッチを入れた。

サー・チャールズ・フレイスがベッドでぐっすり眠りこんでいた。

「あなたといっしょのところを以前見かけたな、ミセス・レーズン」フレッドは言った。

「まあ」安堵で膝に力が入らなくなった。「チャールズだわ。放っておいてください」

三人はあとずさりして部屋から出ると一階に戻った。「どうやってボーイフレンドは家に入ったんだろうね？」フレッドがにやっとしてたずねた。

「彼はボーイフレンドじゃありません。ただのハウスゲストよ。スペアキーを渡しておいたんです。あの、フレッド、本当にご親切にありがとうございました。ロイが車でお送りします」

「歩いていきますよ。いい夜だし。それにしても大入り満員だね？」フレッドはアガサにウィンクすると、お尻をポンとたたき、口笛を吹きながら歩き去った。

「あなたの評判は地に落ちましたね」ロイが言った。「なんてどじなんだ！　どうして男爵がベッドに入ってるんですか？　彼のことはひとことも言ってなかったじゃないですか。つまり、あなたたちが親しいとは知りませんでしたよ」

「彼はただの友人よ」アガサは弁解した。「しばらくここに滞在していたけど、出ていったの」

「最近どこかで見かけたな」ロイが額に皺を寄せた。「ああ、ストラットフォードのレストランにいたんだ。女の子と。でもあなたはひとことも言わなかった」

「その話はもうおしまいにしない？　疲れているの」

「どうぞご自由に。明日はどういう計画ですか？」

「何も。だって、意味がある？　わたしたちには警察みたいに情報がないんですもの。もう寝るわ」

「ちょっとリビングでナイトキャップを飲みましょう。相談しないと」

「言ったでしょ、ロイ。もう事件からは手を引くわ」

「事件から手を引く」ロイはからかった。「偉大な探偵のせりふだ。ぼくたちのことについて相談したいんです」

アガサのクマのような目が細くなった。「また友情の名のもとに、わたしをＰＲ業界に引き戻そうとしてここに来たのなら、あきらめて」

「たんにあなたに会いに来たんですよ。でもミスター・ウィルソンがたまたま……」

ミスター・ウィルソンはロイのボスだった。

「そうだと思った」アガサは苦々しげに言った。「あなたはチャールズといっしょのベッドで寝てね。二人で楽しく過ごせることを祈るわ」

彼女はドアに向かった。「猫を引き取りにいくわ。朝になったら駅まで送っていくわね。早い列車に乗ってちょうだい」

「でも、アギー……」

「おやすみなさい」

まだ言い訳しているロイを早朝の列車に乗せたあとアガサがコテージに戻ると、チャールズがキッチンにすわり、ガウンを着てトーストにバターを塗っていた。

「ゆうべこっそり戻ってきて、いったいどういうつもりなの？」アガサはガミガミ言った。「殺人犯が押し入ってきたのかと思ったのよ。地元の巡査を呼んだら、あなたがぐっすり眠っていた」

「それは滑稽だったな」

「全然滑稽じゃないわ。だから朝食がすんだら、どうぞ帰ってちょうだい」

チャールズは顔を紅潮させ怒っているアガサを穏やかに見た。

「何をイライラしているんだい？」

「あなたのことよ。無神経で自己中心的な男ね。わたしとセックスしておいて、さっさと消えた。おまけに恋をしていると言うなんて」

「していた、だ。過去形だよ」

「じゃあ、そもそも恋なんてしていなかったのよ」

「たぶんあなたの言うとおりなのだろう。すわって。コーヒーを淹れたんだ。あなたの耳から噴きでている蒸気と同じぐらい熱々だよ」

アガサの怒りはおさまった。ふいに疲れを感じ、椅子にすわった。

「チャールズ、わたしに対する自分の態度が利己的で配慮に欠けると考えたことはないの？」

「ないよ、アギー。わたしたちは楽しく過ごせたと思っている。家にお客を招待したら、あの娘がいたんだ。実にわたしにふさわしい相手だった」

「それって愛には思えないけど」

「結婚なんてそんなもんだろう。結婚するべきだって本気で考えているんだよ。相続人をもうけるためにね」バターを塗ったトーストを宙で振った。「しかし、彼女はわたしを好きですらなかった。ストラットフォードのレストランで友人と会ったら、彼といっしょにどこかに行ってしまい、わたしを振った。だから思ったんだ。そろそろ戻って、アギーがどうしているか見てきた方がよさそうだって」

「二度とわたしを口説かないで！」

「わたしのベッドにもぐりこんできたのは、あなたの方だよ、アギー」

「慰めのためよ、セックスのためじゃなくて」

「セックスはとても慰めになったと思うが」

「あなたって不品行なだけじゃなくて、倫理観が欠如しているのね、チャールズ」

「たぶんね。事件の方はどう？」

アガサはため息をついた。「行き止まり。ポーツマスに行ってみたの」

「それで？」

アガサはハリエットについて話した。

「ポーツマスに泊まってこなかったのが驚きだな。よこしまな美容師に恐喝されていた連中が町にうようよしているんじゃないかな」

「ジョンの元妻なら、たぶんすべてを知っているでしょうね。でも、今どこにいるかわからないの。警察なら彼女を追跡できる情報を握っているでしょうけど、わたしにはない。ああ、それに他にもわかったことがあるの」アガサはジェシカとメイヴィスについて話した。

チャールズはじっと耳を傾けていた。それからこう言った。「メイヴィスとのやりとりをもう一度話してくれないかな」

アガサはびっくりしてチャールズを見たが、言われるままにもう一度繰り返した。

「そして、彼女を信じたのかい？」チャールズはテーブル越しに手を伸ばして、アガサの煙草のパッケージから一本とりだした。

「当然じゃない？　彼女は率直で正直そうな女性だった。家はとても清潔で片付いていた。幸せな家庭の雰囲気が漂っていたわ」

「彼女に会ってみたいな」

「どうして？」

「彼女は善良すぎて本当とは思えないんだ」

「ええ、いいわよ。きっと彼女と会うまで満足しないでしょうから。あなたはもう荷造りして服を持ち帰ったの？」

「いや、急いで出ていったので残してある。上に行って着替えてきたら出発しよう」

「家にいるかどうかわからないわよ」アガサはバイパスを降りてフォー・プールズ団地に向かいながら言った。「先に電話をするべきだったかもしれない」

「不意打ちする方がいいよ。もう一本煙草がある？」

「もうすぐ着くし、そんなに頻繁に煙草を吸うつもりなら自分で買ってちょうだい」

「不健全な習慣だよ。グロスターシャーに催眠術師がいて、禁煙にものすごく効果があるらしいよ」

「試してみてもいいわね。彼のことなら聞いたことがあるわ。でも煙草をやめたら、愚かな嫌煙家になって喫煙者の人生を地獄にしませんように、って祈らなくちゃならない。さあ着いた。ほらね、もう一本吸う時間はなかったわ」

小道を歩いていくと、カーテンがかすかに動いた。二人がベルを押さないうちにドアが開き、メイヴィスが歓迎の笑みを浮かべて立っていた。

「またお会いできてうれしいわ！」メイヴィスは叫んだ。「どうぞ入って。こちらはご主人？」

この女性には好感が持てるわ、とアガサは思った。チャールズの方がずっと若いので、夫とまちがえられて得意な気持ちだった。

アガサはチャールズを紹介し、二人はメイヴィスについて中に入った。メイヴィスはお茶を淹れようとして出ていき、チャールズは部屋を歩き回って写真を眺めた。

「ほら、ひとつわかったよ、アギー」彼は声をひそめて言った。「われらのメイヴィスは若い頃に舞台に立っていたんだ」

「だから?」

「つまり、演技力であなたをだましたのかもしれない」

「わたしは人を見る目があるわ」アガサはむっとして言い返した。

「男性以外はね」

アガサが彼をにらみつけたとき、メイヴィスがお茶のトレイを持って入ってきた。お茶を注いでから、メイヴィスは愛想よくたずねた。「それで、どうしてまたいらしたの?」

アガサが困ったようにチャールズを見ると、彼はメイヴィスに微笑みかけた。

「アギーがあなたの言ったことを話してくれたので、どうして嘘をついたのだろうと不思議に思ったんです」

メイヴィスは目が飛びださんばかりに彼を見つめ、アガサは驚いてチャールズを見た。

それからメイヴィスは明るい表情になって笑った。「ああ、ベティが薬物依存症だっていう話ね」

「いいえ」とチャールズ。「それが嘘だというのは確かだと思います。でも、ショーパートがあなたを恐喝していたことをたまたま知っているんです」

水を打ったように静まり返った。「ママ!」通りから甲高い子どもの声がした。車が通り過ぎていき、一陣の風が窓の外のウィステリアの葉をザワザワとそよがせ、部屋はまた静かになった。

とうとうメイヴィスは消え入るような声でいった。「じゃあ、あの手紙は火事で焼けなかったのね」

アガサは助けを求めるようにチャールズを見たが、彼はじっとメイヴィスを見つめ、話の先を続けるのを待っていた。

「主人に知られたら」とメイヴィスは言った。「結婚生活はおしまいだわ」

「知られることはないわ」アガサは言葉に力をこめた。「彼女に言ってあげて、チャールズ」

だがチャールズは辛抱強く待っているだけだった。

「こういう事情だったんです。ジョンはわたしをおだてた。舞台をあきらめるべきじゃなかった、と言った。ああ、彼につけこまれたのよ。落ち込んでいたり、退屈しているときに刺激を与えてくれて、わたしの心をつかんだの。最初はコーヒーをこっそりいっしょに飲むぐらいだった。そのうち誰かに見られると怯えていては自由に話せない、と彼が言いだして、家に招待してくれた。二人でシャンパンをさんざん飲み、彼はわたしに言った……愛していると言ったんです。とても情熱的で、とても真剣に見えた。それで、わたしは女優よ、と思って、彼とベッドをともにした。わたしはすっかり夢中になった。彼と駆け落ちしてもいいとまで思っていた」

メイヴィスは泣きだした。彼女が洟をかみ、落ち着きを取り戻すまで二人は待っていた。

「それから彼は連絡をくれなくなったのね」アガサは先をうながした。

「ええ、わたしは必死だった。何か不都合なことを言うかするかしてしまったのかと思った。手紙を書いたわ。電話がかかってきて、会いたいと言われたときは天にも昇る心地だった。ところが、お金を払わなければ、手紙を主人に送ると言われたの」

「あなたは自分のお金を持っていないんだと思ったけど」アガサは言った。

「嘘をついたのよ。少し貯金があったわ。でも奇跡のようなことが起きたの。彼が殺された。いいえ、やったのはわたしじゃない。でも殺されたらいいのにと思っていたわ。警察には行かないで」

「警察には行かないわ」アガサは言った。「それに証拠もないし、証拠はすべて火事で焼けてしまったから」

メイヴィスは険悪な目つきになった。「じゃあ、どうしてあなたたちはこんな真似をして、わたしを苦しめるの？」彼女は立ち上がった。「出ていってちょうだい！」

「誰が犯人なのか見つけようとしているだけよ」アガサは辛抱強く言った。

「それは警察の仕事でしょ。あなたを通報したっていいのよ」

「そんなことをしたら」とチャールズが言った。「あなたについて知ったことを警察に言わざるをえなくなる」

メイヴィスはくずおれた。「ごめんなさい。でもあまりにも恐ろしいできごとだったから。腹を立ててごめんなさい」

「かまいませんよ。もう失礼します」チャールズは言った。「もうそれについて考えるのはやめなさい」彼はアガサを先に通してから、振り返ってささやいた。

「ジョン・ショーパートと結婚していたことはありませんね？」

「ないわ！」

「奥さんについて何か知りませんか？」

「妻に嫉妬されたとか言ってたわ。奥さんも美容師だったの」

二人は礼を言って外に出た。

「どうして彼女の嘘を見抜いたの、チャールズ？」走り去りながらアガサがたずねた。

「見抜いてはいない。推測しただけだ」

「どうして？　どんなふうに？」

「だって、ショーパートはずるがしこい男のように思えた。金がないなら、用済みにしてしまうだろう」

「どうしてジョンはメイヴィスから手を引かなかったんだろうと考えたの？　お金を持っていないとジョンに言ったと話してくれたから、わたしはそれを信じたのよ」

「幸運な推測だったんだ。試してみる価値があると思った。つまり、彼の関心を引くためにメイヴィスはあれだけたくさんの嘘をついた。ただし薬物依存症の娘についての話は嘘だったと言わなくてはならなかったはずだ。さもなければ彼はメイヴィスをベッドに誘うまでもなかっただろう。その事実を利用すればいいんだから」

「戻ってまとめてみましょう」アガサが言った。

「また興味が出てきた？」

「まあね。見落としていることが何かあるかもしれないわ」

「さて」三十分後、アガサのキッチンのテーブルに広げた紙にかがみこんでチャールズが言った。「わかったことを確認してみよう。メイヴィス・バーク。彼女はビタミン錠にリシンを入れることができた。それから受付係のジョシー。彼女は彼に恋をしていた。フレンドリー夫妻。マギー・ヘンダーソンと彼女の暴力的な夫。ポーツマスのハリエットと彼女の夫」

「だけど、ハリエットの夫は秘書のために彼女を捨てたのよ」

「ハリエットがそう言ってるだけだ。彼女も嘘つきかもしれない。ルークが戸口に現れたときショックを受けたように見えたのは、夫にまた会ったせいではなく、嘘を並べ立てていたことがばれるんじゃないかと思ったからかもしれない。他には？」

「ジェシカ・ラング。でもあまり見込みはなさそう」

チャールズは椅子に寄りかかった。「うん、ジェシカ・ラングについて考えてみよう。どうして戯れの恋をする恐喝者は、金のないかわい子ちゃんに時間を費やすことにしたのか？　彼らしくないよ」

「でも、ジェシカは絶対に真実を語っていると思うわ」アガサが熱くなって言った。「わたしの方があなたよりもたくさん聞きだせたから、彼女が嘘をついていると思っているんでしょ！」

「それでも、その可能性はある。それからミセス・ショーパートがいる」

「だけど、彼女の居所はわからない」

「そうかな？　既婚女性の容疑者は最近再婚したのかもしれない。メイヴィスがジョンの元妻の可能性もあるよ」

「ティーンエイジの娘と息子を一年ぐらいで産む芸当ができる人がいる？」

「子どもたちの写真を見たのかい？　わたしは見なかった。メイヴィスの言うことはこれっぽっちも信用していないよ」

「ミセス・ダリのことを忘れているわ。かわいそうなミセス・ダリ。彼女はわたしたちの見つけていないどんなことを発見したのかしら？」

「そこが重要だ。牧師館に行って、ミセス・ブロクスビーにゴシップを訊いてみたらどうかな？」


牧師館の玄関に近づきながら、アガサは牧師が留守をしていて、チャールズの前で「あのぞっとする女」と叫びませんようにと祈っていた。

ミセス・ブロクスビーがいつもどおりうれしそうな歓迎の笑みを浮かべてドアを開けた。彼女は忙しい身なのに、思いがけない来客に嫌な顔ひとつ見せたことがないようだった。

「いらっしゃい」ミセス・ブロクスビーは言った。「キッチンへどうぞ。ちょうどコーヒーを淹れたところなのよ」

アガサはキッチンのテーブルにつき、目を半ば閉じて牧師館の平和に身をゆだねた。どうしていつもいかれた世界を自分で作りだしてしまうのだろう。まったく受け入れがたいことが受け入れられるようになる世界。チャールズとなかよくここにすわって、わたしったら何をしているの？　うせろ、と彼に言ってやるべきだった。二度と会わない、と言ってやるべきだった。それに、もっと重要なのは、探偵のふりをして馬鹿げた調査をするのをやめること。それは警察に任せるべきだ。

ミセス・ブロクスビーは二人の前にコーヒーの入った薄手の磁器のマグとチョコレートビスケットの皿を置いてから、自分も椅子に腰かけた。

「きのうは留守だったでしょ、アガサ」

「ええ」

「マスコミがいきなりそこらじゅうに現れたの。殺人事件の直後はほとんど来なかったのにねえ。警察がミセス・ダリと美容師の殺人事件につながりがあると発表したにちがいないわ。もっともジョン・ショーパートの恐喝行為については一切発表していないようだけど。前に騒がなかったのは、マスコミがたんなる中部地方の年金生活者の殺人がまた起きたと思ったからなのよ。なんてぞっとするの！　また起きたっていう言い方。だけど、殺人はたくさん起きているわ。長く生きれば生きるほど、年金生活者は増え、殺される人は増えていく。彼らは狙われやすい弱い標的だからよ」

「次にアギーが狙われるかもしれない」チャールズが言った。

「わたしは年金生活者じゃないわ」アガサがむっとして言った。

「それできのうは調査に出かけていたの？」ミセス・ブロクスビーがたずねた。

「ポーツマスに行ったの」

「ツバメとね」チャールズがつぶやいた。

「どうして何かひっかかるのかしら？　ポーツマスに」ミセス・ブロクスビーはチャールズの言葉を無視して考えこんだ。

「ジョン・ショーパートの出身地でしょ」アガサが言った。

「そうだった。だけど他にもあった気が……気にしないで、また思いだすわ。それで何がわかったの？」

アガサはハリエットについて話した。「気の毒な人！」ミセス・ブロクスビーは叫んだ。

「真実を言っているならね」チャールズが口をはさんだ。「アギーはとてもだまされやすいんです」

「そういう言い方は失礼だと思うわ」ミセス・ブロクスビーがたしなめた。

「メイヴィスについて話してあげて」アガサが言った。

ミセス・ブロクスビーは熱心に耳を傾けてからこう言った。「だけど、だからといってハリエットが嘘をついていることにはならないでしょ。どうして嘘をつくの？　彼女は支払いをしたんでしょ？　そしてアガサのおかげで五千ポンドを取り戻せたのよ」

「容疑者が多すぎるのよ」アガサは不満そうに言った。「メイヴィスのせいで、全員が嘘をついている気がしてきたわ。どこかの女性が殺してやると言っているのを美容院のトイレで聞いたとき、ジョンは隣の店の女性が夫とけんかしているんだと言ったけど、彼女は結婚していないと言った。結婚していないとしても、ジョンが彼女の弱みもつかんでいたとしたら？」

「これからどうするつもりなの？」ミセス・ブロクスビーはたずねた。

「わからないわ」アガサは疲れた声を出した。

チャールズがチョコレートビスケットをかじった。それから言った。

「ビル・ウォンを訪ねてみたらどうかな？　ジョンの妻については絶対に何か知っているはずだ。それどころか、わたしたちよりもいろいろと知っているにちがいない」

アガサの顔が明るくなった。「いい考えね。ビルに会いに行きましょう。ええ、今すぐそうした方がいいわ。コーヒーをごちそうさま」

彼女とチャールズは立ち上がった。

アガサは戸口で振り返った。「たずねるのを忘れるところだった。ミセス・ダリがどこの出身かご存じ？　カースリーに来るまではどこに住んでいたのかしら？」

「あらいやだ」ミセス・ブロクスビーは叫んだ。「どうして忘れていたのかしら？」

「何を忘れていたの？」

「ええ、もちろんポーツマスよ。ミセス・ダリはポーツマスの出身だったの！」

8

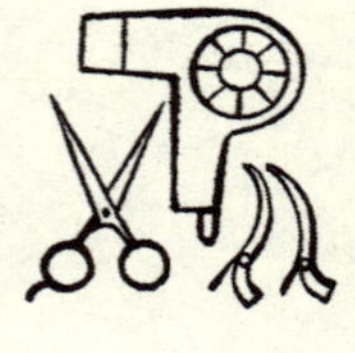

「ふう！」アガサは言った。「目もくらむ雷さながら明白な事実に打たれた気がするわ」

「どういう意味だい？」チャールズはコテージへ歩きながらたずねた。

「ああ、もちろんミセス・ダリのことよ。あんな短い期間で殺人犯について危険で重大なことを聞きだせるほど賢くなかったはずよ。彼女はポーツマスでミスター・ジョンを知っていたにちがいないわ！　だから、誰が彼を殺したのかおそらくわかったのよ」

「どうやってわかったんだ？　彼女はわたしたちと同じ困難に直面していたはずだ。あれだけたくさんの人間が恐喝されていた。誰を選んだんだ？」

「ポーツマス出身の人間を選ぶのが理屈にあう気がするわ」

「ハリエット？」

「ハリエットでないことは確かよ。家に入ってコーヒーを淹れて、ビル・ウォンに会う前に考えてみましょう」

コーヒーカップを前にテーブルにつくと、アガサは言った。「奥さんさえ見つかればねえ」

「警察はすでに見つけているかもしれない。いや、きっともう見つけているよ」

「ねえ、この恐喝の件ですっかり頭が混乱しているのかもしれない。たんなる夫婦間の憎悪かもしれないわよ」

「わたしの言うことを信じてほしいな」チャールズが言った。「恐喝者を全体像の中に入れてごらん。絶対に誰かが彼を殺すだろう」

「ともかく、ビル・ウォンを訪ねてみるわ」

「最初に電話しなくていいかな？」

アガサはためらった。それからきっぱり言った。「いいえ、とにかく行ってみましょう。あなたに他に計画があるなら別だけど？」

「いや、ないよ」チャールズはむっつりと答えた。「当分、女性とは距離を置くつもりなんだ」

つまり、わたしは女性として見ていないわけね、とアガサは心の中で毒づいた。

ミルセスターに車を走らせながらアガサは木々の秋色を鑑賞した。「季節が変わるのがなんて早いのかしら」と感慨を口にした。「夏と秋のあいだに誰かが線を引いたみたい。ついこのあいだまで汗をかいていたのに、いきなり秋になった。オゾン層のせいだと思う?」

「たぶんあなたみたいな人たちの煙草の煙でオゾン層が破壊されているんだよ」

「意地悪ね。グロスターの催眠術師って腕がいいのかしら」

「試してみないとわからないよ」

「煙草をやめられるのはあなたみたいなケチな人間なのよ、チャールズ」

「自分が重度のニコチン依存症だからわたしに嫉妬してるんだろう。今すぐやめたらどうだ?」

沈黙が流れ、いきなりアガサが言いだした。「そうするわ。ミルセスターに着いたら、バッグから煙草をとりだして手近のゴミ箱に投げ捨てる」

「それで、買い置きのカートンはどうするんだ?」

「家に帰ったらお祝いに燃やしましょう」

その言葉が口から出たとたん、アガサは強烈に煙草を吸いたくなった。戦おう。たんに意志の問題なのだ。

二人はミルセスターの警察署の外に駐車した。「もしかしたら仕事で外出しているかもしれないな」チャールズが言った。「電話するべきだった」

「とにかく訪ねてみましょう」

二人はついていた。部屋に案内され、ビルはまもなく来ると告げられた。

ビルはやって来て、挨拶代わりにこう言った。「二人とも首を突っ込まないでいてくれることを祈っているんですが」

「そうね」アガサはむっとなった。「でも、好奇心が抑えられないのよ。ショーパートの奥さんを見つけたかどうかだけ知りたいんだけど」

「まだ見つけていないと申し上げてもかまわないでしょう。どうしてですか？」

「彼女はイヴシャムにいるかもしれないわ」

「最後に消息が聞かれたのはグラスゴーでした。彼女の友人が絵葉書をもらったそうです」

「どの友だち？」アガサは勢いこんだ。

「言うつもりはありませんよ。あなたが誰かを訪ねると、その人物は謎めいた死を遂げますからね、アガサ」

「ミセス・ダリはポーツマスの出身なのよ」アガサは熱心に言った。「それはひとつのつながりでしょ」

「たしかに」ビルは言った。「しかし、彼女の発見したことがわからないままなんです」

「協力してもらえないの？」アガサは頼んだ。

「だめです。あなたはショーパートの姉になりすまし、家の前を車で通り過ぎたことで嘘をつき、すでに充分なトラブルになっているんです。アガサ、どうか放っておいてください」

「じゃあ、わたしの助けが必要じゃなければ……」

「けっこうです！」

「怒鳴ることはないでしょ」

「ねえ、アガサ、前回も、もう少しで殺されるところだったんですよ。そんなことがまた起きるのを見たくないんです」

しかしアガサはすっかり腹を立てていた。「行きましょ、チャールズ」横柄に言った。「ビルはわたしたちに何も話したくないみたいだから」

チャールズはビルにウィンクすると、おとなしく彼女のあとについて部屋を出た。

「彼はあなたを心配しているだけだよ、アギー」外に出ると、チャールズが穏やかにとりなした。

「残念」アガサは悔しそうに言った「ビルなんて、あそこでくたばればいいのよ。もう二度と力を貸してあげないわ」

「ちょっとひどいよ。彼は以前、あなたのために危ない橋を渡ってくれただろう」

「いつのこと？」

「キプロスであなたにファックスを送ってくれたときとか。コテージに戻って頭を冷やそう」


遅い静かなランチのあとで、チャールズはいきなり家に帰ってやることがあると言いだした。アガサは彼を引き留めるような言葉も提案も考えつけなかった。警察が発見したことを探りだせる方法があればいいのに、と残念でたまらなかった。

アガサはその日の残りをうろうろ家の中を歩き回り、猫たちと遊び、えさをやり、テレビを見て、というよりもチャンネルを次々に変えて過ごした。そして早く寝ることにした。

しかし寝返りを打つばかりで眠れなかった。わかったことを繰り返し思い返してみた。目の前にいくつもの顔が浮かんだ――マギー、ジェシカ、ハリエット、ジョシー、メイヴィス。とうとうまぶたが閉じてきた。すべてを忘れ、あのすてきな美容師マリーのところに行き、セットをしてもらって新しいドレスでも買おう。

ふいにはっと目を開いた。美容業界における嫉妬とライバルについて語っているマリーの声が聞こえるような気がした。そうだ、ちょっと待って！　ジョン・ショーパートも同じことを言っていた。それにジョンの奥さんが彼に嫉妬していたと言ったのは誰だったっけ？

心臓の鼓動が速くなった。ジョンの死後、イヴシャムに現れたのは誰だったたろう？　店を開き、彼のスタッフを引き継いだのは？

イヴだ！

ミセス・ショーパートはブロンドで彫像のようだと描写されていた。しかし最近の巧みなカラーリングで、イヴはブロンドの髪を別の色に変えることができただろう。遠回りかもしれないが確かめてみる価値はあった。

翌日アガサはイヴの店に電話して、イヴ本人に担当してもらいたいとジョシーに強く言った。ジョシーは不機嫌な口調で午後三時なら予約を入れられると答えた。もっとも、その日はおそらく予約ががらがらにちがいない、とアガサは思った。

これからすることを誰かに話しておくべきだと感じた……そう、万一のことを考えて。ビルに話したら、行くなと言われるにちがいない。でもチャールズに言っておけば、警察に電話してもらえるだろう。

チャールズの番号にかけた。ほっとしたことにチャールズ自身が出てきた。彼はじっくりと話を聞き、愚かな真似をしているとは言わなかった。

「こうしよう、アギー」チャールズは提案してきた。「テレビの音声マンをしている友人が村にいるんだ。彼をつかまえて連れてくるよ。彼はあなたに隠しマイクをつける。それからわたしたちは美容院の向かいの道でヘッドホンをつけてやりとりを聞いている。もし彼女が探している犯人だとちらっとでも感じたら、すぐに警察を呼ぶよ」

「急いでね」アガサはせかした。

アガサはいらいらと待っていた。時計の針が午後の二時を指したとき、彼らなしで行くべきだろうかと思いはじめた。しかし、いきなりチャールズの車が停まり、チャールズのあとから長身でやせた男が降りてきた。

「さあ、アギー」二人を招じ入れると、チャールズは言った。「このブライアンがあなたに隠しマイクをつける。そうしたら出かけよう」

アガサはパンツスーツを着ていた。ワイヤレスパックはズボンのウエストにつけ、小さなマイクをえりに留めた。「その小さな黒いマイクが見えそうだ」チャールズが言った。「ブローチか何か持ってない？」

アガサはアクセサリー入れを探して、けばけばしい安物のブローチを見つけだした。「ひどいブローチだな」チャールズは意見を言った。「でもそれをつければマイクに気づかれないだろう」

全員がチャールズの車で出発した。

「こんなふうにするなんて思ってもみなかったわ」アガサがいきなり言いだした。「だけど、スタッフの前でどうやって殺人を告発したらいいの？」

「とにかくやってみるんだ」チャールズが言った。「二人だけで話がしたいと持ちかけてみたら？」

「わかった。そうしてみる」

アガサはふたつの点で不安だった。ひとつはイヴが殺人犯だった場合、本当に危険な目に遭うかもしれないこと。そしてふたつ目はイヴが殺人犯でなかったら、音声マンの前でとんでもない赤っ恥をかくということだ。

彼らは駐車してハイ・ストリートを歩いていった。「さあ」チャールズが言った。「通りの向かいのこの戸口で待っている。行っておいで、アギー。幸運を祈るよ」

その日は晴れて、異常なほど暖かかった。穏やかで愛想のいいイヴシャムらしい顔をした人々が、ハイ・ストリートを行き来している。アガサは急に馬鹿馬鹿しく思えてきた。透明な日差しの中だと、アガサの思いつきは狂気の沙汰に感じられた。何か悪いことが起きるとしても、せいぜいとてつもなくひどいヘアスタイルで店を出てくることぐらいだろう。

アガサはドアを開けて中に入っていった。

ジョシーは爪にマニキュアを塗っていて、顔を上げようともしなかった。「予約を入れてあるのよ」アガサは怒鳴った。「さっさとしてちょうだい！」

ジョシーはこれみよがしにため息をついた。「どうぞ」それから塗った爪を乾かそうとして宙で振りながら、アガサをシャンプー台に案内した。イヴはすわって雑誌を読んでいた。他の客は一人もいなかった。

「もういいわ、ジョシー」イヴが言って、雑誌を置いた。「今日はもう休みにしていいわ。わたしがミセス・レーズンを引き受けるから。まずコーヒーでもいかがですか、ミセス・レーズン？」

「いえ、けっこうよ」コーヒーにリシンを仕込まれる危険を冒したくなかった。

ジョシーは帰っていった。

「まず最初にちょっとお話ししたいの……ミセス・ショーパート」アガサは言った。

「誰のことですか？」

「あなたは殺された美容師の奥さんでしょ、ちがう？」アガサは問いつめた。

イヴはとまどってアガサを見た。「ジョン・ショーパートとは知り合いでも何でもなかったわ。わたしはウスターで美容院を経営していて、こっちに移ってきたの。どうしてそんな妙なことを考えたんですか？」

「髪の色はともかく」とアガサは言い張ったが、もしかしたらとんでもない勘違いだったのかもしれないと思いはじめていた。この会話を聞いているはずのブライアンとチャールズのことが強烈に意識された。「ミセス・ショーパートの外見にぴったりなの。ご主人は美容院が焼けたときに保険金をすべて独り占めした。あなたは彼の成功をねたんだ」

イヴは用心深くアガサを見た。「とんでもないたわごとを並べてるのね。ちょっと待って」

彼女は部屋を出ていきショップカードを持って戻ってきた。「去年やっていた美容院のショップカードよ。ウスターで十年やっていたの。誰にでも訊いてみて」

「ごめんなさい」アガサはもごもごとわびた。

「まあ、誰にでもまちがいはありますよ。シャンプー台に来てください。それにしてもいったい誰がそんなことをあなたに吹きこんだのかしら？」

アガサはシャンプークロスをかけてもらうと、おどおどとシャンプー台の前にすわった。

「わたしはジョンが死にかけていたときに現場にいたの。それであちこちで調べていたのよ。彼は恐喝者だったの」

「まさか！」

「本当なのよ。だから、最初は彼が恐喝していた人たちのうちの誰かが犯人にちがいないと思っていたんだけど、彼の奥さんかもしれないってふいに思いついた。それであなたがいきなりやって来たし、彼のスタッフを引き継いだので、あなたが奥さんだというまちがった結論に飛びついてしまったの。悪かったわ」

「気にしないでください。頭を仰向けにして。首は大丈夫ですか？」

アガサはうなずいた。

道の反対側でブライアンとチャールズはヘッドホンをつけたまま、顔を見合わせた。ブライアンがヘッドホンをはずした。「これを片づけた方がよさそうだ」

「このまま聞いていよう」チャールズは言った。「かわいそうなアギー。彼女がどのぐらい恥をかくかじっくり聞いてみることにしよう」

「だけどひとつ言っておくわ」アガサは言った。「行方不明のミセス・ショーパートを見つけるまでは調査を続けるつもりでいるの」

イヴは力強い指でアガサの頭をシャンプーしていた。ふいにその指が髪にもぐりこみ、頭をぎゅっと押さえつけた。

「ここに来ることを誰かに言った？」イヴがたずねた。

「いいえ」アガサは嘘をついた。

「よかった」

「なぜ？」

「このお節介女、あんたはここから生きて出られないからよ」

道の向こうでチャールズが携帯電話をすばやくとりだすと警察に電話した。

アガサは起き上がろうとしたが、イヴが髪の毛をきつくつかんだので、痛みのあまり悲鳴をあげた。

「彼は当然の報いを受けたまでよ」イヴは冷酷に言い放った。「ポーツマスのお店の成功は自分の才能のおかげだっていつも言っていた。わたしはこのろくでなしに思い知らせてやるって決めた。離婚後、わたしはライバルの美容院を立ち上げたけど、彼がわたしの悪口をみんなに吹きこんでつぶされたのよ」

アガサはできるだけじっとしていた。マイクが音を拾っていることを必死に祈りながら。「それで、あなたも女性たちの恐喝に加わっていたの？」

「そのことはポーツマスを去るまで知りもしなかった。どこかの馬鹿な女がわたしに泣きついてくるまでね」

「あなたが彼の家に火をつけたのね？　どうやって家の鍵を手に入れたの？」

「こっちに戻ってきて、彼にとりいったのよ。ジョンはうぬぼれ屋だから、わたしが彼を忘れられないんだと誤解した。昔を偲んで数日間夜をいっしょに過ごして、鍵をもらったの」

「だけどどうして火をつけたの？」彼女にしゃべらせておいて、チャールズが警察に電話することを祈ろうとアガサは思った。膝が震え、汗が額から流れ落ちてきた。

「だって、警察に結婚証明書とかの書類を発見されたくなかったからよ」

「でも、あなたが来ているって、彼が誰かに話したかもしれないわ！」

「誰にも話していないって、彼は笑いながら言ってた。女性たちに彼の人生には自分しかいないって思わせておきたかったのよ」

アガサはパトカーのサイレンに耳を澄ませたが、店内で流れている有線放送の音楽しか聞こえなかった。

「でも警察はどうしてあなたを見つけられなかったのかしら？　正式に名前を変えたとしても、調べられるはずでしょ」

「グラスゴーで偽の身分証明書を手に入れたの。お金さえ払えば、いつだって偽証明書を手に入れられるわ。そして新しい名前で銀行口座を開く。簡単でしょ？」

「ところで、どこでリシンを手に入れたの？」

「ジョンと結婚していたとき、お客の一人がインドで手に入れたトウゴマをくれて、その毒について教えてくれた。引き出しにしまってそれっきり忘れていたけど、それを利用できることに気づいたってわけ。それでグラスゴーの別の悪い友人に頼んで毒を抽出してシリンジに入れてもらった。あとはただあいつのビタミン剤に注射して、のんびり結果を待っていればよかったのよ」

「だけどなぜなの？」アガサはたずねた。「たしかに彼はあなたを裏切っていた。どうして殺したの？」

「浮気よりもひどいことをしたからよ」イヴは低い声で言った。「わたしのことを下手くそな美容師だってけなしたの。そして、わたしのお客を奪ってしまった。わたしの美容師としての技術は誰にも侮辱させないわ」

「あなたは彼をねたんだのね」アガサは言った。「あなたたち美容師は自分が注目されないと我慢できないのよ。あなたは嫉妬から彼を殺した。だけどついてたわね。イヴシャムで目撃される可能性があったんだから。もしかしたら――」

イヴはアガサの頭をシャンプー台に乱暴にたたきつけた。

「お黙り。あんたにはもううんざりよ、野暮ったいオバサン。彼はあんたのパンツにももぐりこんだんでしょ？」また頭を痛いほどたたきつけられ、アガサは悲鳴をあげた。

しゃべらせておくのよ。頭が痛み、怯えていたが、アガサはそう思った。

「じゃ、ウスターに住んでいたことはなかったの？」

「ないわ。ショップカードをプリンターで印刷しておいただけ。万一のために」

「ミセス・ダリのことは？」

「あのババアはわたしに気づいたのよ――」

ふいにイヴが体をこわばらせた。店内までパトカーのサイレンが聞こえてきた。

イヴはアガサの髪から手を離した。

金切り声をあげてアガサが椅子から飛びだしたとき、警察がどっと店になだれこんできた。イヴが権利を読みあげられるのを聞いて喜びを味わうこともせず、アガサは店から逃げだしチャールズの腕の中にまっすぐ飛びこんでいった。

「どうしてこんなに時間がかかったの？」アガサはすすり泣きながら何度も言った。


警察の質問と供述で長い一日が終わり、アガサとチャールズはようやく彼女のコテージで二人きりになった。

「ビルの賞賛の言葉ときたら、『素人探偵は素人犯罪者を見つけるみたいですね』だけだったのよ」アガサは悔しそうに言った。

「ジョンの奥さんはたしかに猛烈についていたな」チャールズがブランデーのグラスを回しながら言った。「頭にまだシャンプーがこびりついているよ。洗い流さなくていいのかい？」

アガサはぎくりとして悲鳴をあげた。「その前に教えてほしいんだけど。彼女はどうやってわたしを殺すつもりだったのかしら？」

「ほら、あなたの頭をシャンプー台にたたきつけてただろう。ミセス・ダリみたいになるまで、たたきつけるつもりだったんだよ」

「で、そうなったらどうするつもりだったの?」

「ああ、偽の身分証明書があるからね。たぶんグラスゴーに逃げ戻り、また新しい身分証明書を手に入れるつもりだったんだろう。おなかがぺこぺこだ。髪の毛を洗っておいでよ。ディナーに連れていくから」

「わかったわ。そのブランデー、全部飲んでしまわないでよ」

アガサはバスルームに行き、着ていたものすべてを洗濯かごに放りこんだ。それからシャワーのスイッチをひねりシャンプーのボトルを手にとると、噴きだすお湯の下に立ち、ゴシゴシ髪を洗った。

それからシャワーを出るとタオルで髪を包んだ。そのタオルは床に放り、新しいタオルで顔をふいた。頭が妙に涼しく感じられる。鏡をのぞきこんだとたん、悲鳴をあげはじめた。

バスルームのドアには鍵をかけていなかった。チャールズが階段を駆けあがってきて、ドアから飛びこんでくるなりゲラゲラ笑いはじめた。

あまりの衝撃に裸であることも忘れ、アガサはさっきまで髪をふいていたタオルをかがんで拾いあげた。タオルから濡れた毛が束になってバスルームの床にバサバサ落ちた。

「あの女、脱毛剤を使ったにちがいない」しゃべれるようになるとチャールズが言った。

やっと丸裸であることに気づき、アガサはバスタオルを体に巻きつけた。「どうしたらいいの？」泣き声をあげた。

「ウィッグを買いたまえ。完全には禿げていない。ちょっとだけ頭から毛が突きでている。ああ、すっごく滑稽だ」

「こんなありさまじゃディナーには行けないわ」

「馬鹿な。スカーフを頭に巻けばいい」

「向こうに行ってて、チャールズ。立ち直るまで」

チャールズは笑いながら立ち去った。アガサはむすっとして体を乾かすと服を着て、ピンク色のシフォンのスカーフをターバンのように頭に巻いた。

階段を下りていくと、ドアベルが鳴った。「マスコミがどっさり来ているよ」チャールズが陽気に報告した。「出ていって話をしたい？　栄光の瞬間がやって来たんだ」

「だめよ」アガサはぎくりとして言った。「こんな頭じゃ。誰にもこんな目にあわされたことを知られたくないわ！」

「どうして？」

「笑い物になるからよ。マスコミにはあなたから話して。わたしは出ていかないわ」

チャールズは肩をすくめると外に出ていった。彼の上流階級の軽やかな声が楽しげにしゃべっているのが聞こえてきた。

しばらくしてチャールズは戻ってきた。「これでみんな満足したようだ。今夜はもう押しかけてこないと約束してくれたよ」

「そう、少なくとも警察はわたしから手柄を奪えないわね。どんなふうにわたしが事件を解決したか、明日の新聞に出るでしょうから。ディナーはどうする？」

「かまわなければ、やっぱり荷物をまとめて家に帰ろうかと思うんだ。わたしが地所の仕事を放りだしていることに、伯母がいらつきはじめているし」

アガサはがっかりした。「そうしなくちゃならないなら、どうぞ。今夜は誰かにつきあってもらいたい気分だったけど」

「また電話するよ」チャールズは二階に行き、まもなくスーツケースを手に下りてきた。

彼はアガサの頬に軽くキスした。「心配しないで。じきに髪は伸びるよ。また電話する」

そしてチャールズは帰っていった。

アガサはすわりこんで、ぼんやりとあたりを眺めた。猫たちが膝に飛びのってきたので、なでてやった。ドアベルが鋭く鳴って、アガサは飛びあがった。

マスコミ。チャールズにすべて任せたのは失敗だったかもしれない。鏡で自分の姿をチェックして、ピンクのスカーフがずれていないことを確認してからドアを開けた。

「まあ」

そこにはミセス・ブロクスビーが立っていた。「あなたが殺人犯をつかまえたと耳にしたものだから。誰かといっしょならいいけど、そうでなければ今夜泊まっていくわ」

「そうしてくださる？」アガサは牧師の妻の後ろ側をのぞきこみ、マスコミが全員引き揚げているのを確かめた。「チャールズは帰ったの」

「それはちょっと自分勝手よね、そうじゃない？」

「ああ、チャールズは理解不能よ」アガサは疲れた声で言った。「どうぞ入って。あなたに会えてよかった」

ミセス・ブロクスビーは大きなバッグを玄関ホールの床におろした。しゃがんでバッグを開けると、キャセロールをとりだした。「お料理をする気分じゃないと思ったから、ウサギ肉のキャセロールを持ってきたわ」

「まあご親切に。ああ、スカーフのこと不思議でしょ。あの悪魔のような美容師に脱毛剤でシャンプーされたの」

「なんですって！　ひどいわね！　でも、すぐにまた生えてくるわよ」

「それまでジェームズが帰ってこないといいけど」

ミセス・ブロクスビーはキャセロールを手にしてキッチンに向かった。

「まだジェームズなの？　もう彼のことは乗り越えたと思っていたわ」

「前ほどひどい気分じゃないわ」スカーフをほどきながら牧師の妻のあとについてキッチンに行った。「ただの鈍い痛みね」

ミセス・ブロクスビーはオーブンをつけると、キャセロールを入れた。

「すぐできるわ」彼女は体を起こした。「じゃがいもとダンプリングも入れてあるの。ところでマスコミにはどんなふうに話したの？」

「会わなかったわ。こんな姿を見られたくなかったから。コートを脱いですわってちょうだい。ワインを開けるわ。ええ、笑い物になると思ったから、チャールズに代わりに対応してもらったのよ」

「それでよかったのかしら？」

「どういう意味？」

「あなたのお手柄だったんでしょ。それにシフォンのスカーフをターバンみたいに巻いていれば、ちゃんとして見えたのに」

「すっかり動揺していたから。ショックからようやく立ち直ってきたところなの。自分で話をするべきだったかもしれないわね。ひとつお願いしてもいい？　朝になったら新聞を残らず買ってきてもらえない？」

「喜んで」

二人は愉快なディナーをとった。アガサは恐怖が消えていくのを感じ、もう一人で大丈夫と牧師の妻に言おうかと思った。でも、枕に頭をつけたとたんに恐怖がまざまざと甦るかもしれないと考え、ミセス・ブロクスビーに泊まってもらうことにしたのだった。

意外にもアガサはぐっすり眠り、翌朝は九時まで目覚めなかった。

キッチンのテーブルにはミセス・ブロクスビーのメモが置いてあった。「悪いけど、急いで牧師館に戻らなくてはならないの。地元で緊急事態が起きて。わたしがあなたなら、家で静かな一日を過ごすわ」

「だけど、新聞を見たいのよ」アガサは声に出して言うと、牧師の妻が約束も果たさずに帰ってしまうなんて、よほど緊急の用だったにちがいないと考えた。

もう待っていられないとアガサは思った。地元の郵便局には数紙しか置いてないし、早く行かないとたいてい売り切れてしまう。スカーフをターバンのように頭に巻きつけると、車に乗りこみモートン・イン・マーシュまで走った。自分がとても有名になっている気がした。新聞に写真がでかでかと載っているだろう。ゆうべは写真を撮影されなかったが、夫の殺人のせいで、どこの新聞社も彼女の写真をファイルしてあるはずだ。

アガサはすべての新聞を買いこんでお金を払った。車に戻ったらじっくり味わおうと考えて、見出しにも目を向けなかった。

まず〈エクスプレス〉から。一面には何も載っていなかった。ページをめくった。いきなりチャールズの大きな写真が目に飛びこんできた。こんな見出しがついている。

「准男爵が美容師殺人事件を解決する」

アガサはざっと記事に目を通した。彼女のことは「友人」として言及されているだけだった。しかし、記者たちはそれがアガサだと知っていたのだ。コテージの外に集まってきたのだから。次々に新聞に目を通すうちに怒りがふくらんできた。二紙だけが彼女の名前を出していた。どの新聞にも機転の利く准男爵が女性の友人を利用してイヴに罠を仕掛け、警察に通報したと書かれていた。

アガサは不機嫌になってコテージまで戻ると、チャールズを電話で呼びだそうとした。しかし伯母にどこかに旅行に出かけたと言われた。

アガサは牧師館まで歩いていった。

ミセス・ブロクスビーはドアを開けると、気まずそうな表情になった。

「知っていたんでしょ」アガサは文句をつけた。「それで新聞を置いていかなかったのね」

「ええ」ミセス・ブロクスビーはため息をついた。「入って。どうしてあなたの名前を抜かしたのか、わけがわからないわ」

「チャールズのせいよ」吐き捨てるように言った。「すべての手柄を独り占めにした。探偵の准男爵というのもマスコミにとっては魅力だったから、わたしのことは忘れられたのよ。解決したのはわたしよ。動機を知っている？　嫉妬なの。嫉妬そのものだったの。ジョンが彼女を裏切ったからじゃなかった。美容業界にこれほどの憎悪と嫉妬が渦巻いているなんて、これまで思ってもみなかったわ」

「まるで映画みたいね。仕事ができないと、虚栄心がいっそう大きくなるんでしょう」ミセス・ブロクスビーは言った。「コーヒーを持ってくるわ。キッチンにどうぞ。ミセス・ダリをどうして殺したのかはわかったの？」

アガサは牧師夫人のあとをついていった。「ミセス・ダリからイヴへの手紙を発見したと警察から聞いたわ。『あなたが何者かを知っているので警察に行くつもりです。通報する前に話し合いたければ……』そして住所を書いてあったの」

「だけどどうして彼女はそんな真似をしたの？　イヴをゆすりたかったのかしら？」

「ミセス・ダリは——安らかに眠りたまえ——意地悪な女だったから、イヴが殺人犯だとはまったく考えていなかったんじゃないかしら。たんにイヴを苦しめたかっただけなのよ。それで、その報いを受けたんでしょうね」

アガサは疲れたようにため息をついた。ジェームズのことを思った。チャールズのことを思った。

「すべてに嫌気がさしたわ。男たちにはもううんざり。どの男もろくでなしよ」

「いいえ、あなたがつきあっている男性だけよ。あなたにはもっとすばらしい人がふさわしいのよ、ミセス・レーズン」

「チャールズのことは絶対に許せないと思う」

「たぶん称号のせいなんじゃないかしら。現代は階級社会ではないと思われているけど、新聞はつい称号に夢中になってしまうのよ」

「チャールズがすべてを自分の手柄にして、わたしには何も残さないように手を回したんだと思う。もう何もかもいやになったわ。カースリーにはもうんざりよ」

「かわいそうなカースリーはあなたが禿げたことや、あなたの手柄を横取りした准男爵とは何の関係もないわよ」

「たしかに。でも、人でも物でも代わりに蹴飛ばしたいの」

「わたしを蹴飛ばさないでね。コーヒーをお飲みなさいな」

アガサが帰ってしまうと、牧師がキッチンに入ってきた。「あのぞっとする女は帰ったかい？」

「わたしは彼女がとても好きよ。とても勇敢だと思うわ」

「やって来るところを見ていたんだ。あんなスカーフを頭に巻いて滑稽だった。中年女性はピンクなんて身につけるべきじゃないよ」

「あのひどい美容師が脱毛剤を使ったせいなの。すっかり禿げちゃったのよ」

牧師はゲラゲラ笑いはじめた。

「笑い事じゃないわよ」ミセス・ブロクスビーは語気を強めた。

「彼女の最愛の人が戻ってくると伝えたら、どう言ってた?」

「ジェームズ・レイシーのこと? いいえ、アルフ、言わなかったわ。彼のことはもう忘れてくれればいいと願っているの。とうてい言えなかったわ。あんな外見じゃ、パニックになってしまうでしょうから」

「まえもって伝えて、ウィッグを買う時間を与えてやった方がいいぞ」牧師は冷たく言った。

ミセス・ブロクスビーはコーヒーのマグを夫の前に置いた。

「はっきり言ってあなたがそもそもクリスチャンなのかどうか、ときどき疑問に思うことがあるわ、アルフ!」

エピローグ

二日後、ビル・ウォンがアガサを訪ねてきた。「髪をどうしたんですか？」

「ウィッグよ。イヴがシャンプーじゃなくて脱毛剤を使ったの」

「なんてことだ。変わったウィッグですね、アガサ」長い内巻きカールの茶色のナイロンの髪のあいだからアガサは彼を見つめた。

「イヴシャムにマリーっていう優秀な美容師がいるんだけど、彼女の息子がビッドフォード＝オン＝エイヴォンに住んでいて、ちゃんとしたウィッグを作ってくれているところなのよ。これは大嫌い。お店で買ったんだけど、暑いしチクチクするの。ちょっと失礼して、これを脱いでシルクのスカーフを頭に巻いてくるわ」

アガサは二階に行き、ペイズリー柄のスカーフを頭に巻いて戻ってきた。

「この方がずっといいわ。警察の仕事に首を突っ込む愚かさについてお説教するために来たの？」

「いえ、お礼を言いに来たんですよ」ビルは言った。「われわれは相変わらず恐喝の線を追っていたんです。奥さんのことは探していましたけどね。だけど、あなたは大変な危険に自分をさらしたんですよ。チャールズが録音していたテープをもらいました」

「チャールズ！」アガサは吐き捨てた。

「ええ、それについて教えてください。どうして彼がすべての見出しを飾ることになったんですか？」

アガサはビルに話した。

「相手を選んだ方がいいですよ」ビルは同情をこめて言った。

「そうね、チャールズとはもうおしまい」

「で、レイシーの方は？」

「彼のことは忘れていたわ」アガサは嘘をついた。「ミセス・ダリについて教えて。あそこで何があったの？　ミセス・ショーパートは何か供述した？」

「ああ、しましたよ。いやあ、しゃべる、しゃべる、彼女は本物のサイコパスの犯罪者ですよ。ミセス・ダリはイブが何者なのかわかった。そして、なんと彼女をゆすろうとしたんです。信じられますか？　すると、ぞっとするイヴは条件をおとなしく受け入れて、訪ねていくと伝えた。しかし、もっと悪いことが重なった。ミセス・ダリは村の誰にも訪ねてくるところを見られたくないからと言って、裏道のことを教え、犯行を楽にするのに自ら手を貸したんです」

「それで、なんとなくちょっと気が楽になったわ」アガサはのろのろと言った。「ミセス・ダリはまったく罪のない犠牲者だと思っていたから」

「ミセス・ダリが警察に届けてくれたら、まだ生きていたでしょうね。ですからアガサ、次に自分の手で何かを調べようとするときには、そのことを思いだしてくださいよ」

アガサは火をつけられたときにショーパートの家にいたと、もう少しでビルに告白しそうになったが、かろうじてこらえた。ビルは友人だったが、なんといっても警察官なのだ。

「それで、これからどうするつもりですか？」ビルがたずねた。

「わからないわ」アガサは疲れたように言った。おもしろい本を買ってきて、数日間静かに過ごそうかしら」

「そうだ、ぼくは来週、休みがとれるんです。迎えに来ますよ。両親があなたに会いたがっているんです」

アガサはまばたきして彼を見た。ウォン夫妻が自分を嫌っていることをよく知っていたからだ。「それはありがとう、ご親切に」あとで何か断わる言い訳を考えつくだろう。

それから数日間、アガサはリラックスして、カースリー婦人会の会合に出席し、読書をし、長い散歩をした。マリーがウィッグができたと電話してきたので、とりにいき、かぶってみた。元の自分に戻れたような気分になれた。

そうした平和も、村の食料品店で買い物をしていて、アシスタントがこう言うのを小耳にはさむまでだった。「ミスター・レイシーの食料品を詰めました。いつ配達したらいいですか?」

アガサは凍りついた。

奥から誰かが叫んだ。「今夜五時だよ。その時間に到着する予定だから」

アガサは自分の買い物の支払いをすると、家に逃げ帰った。こんなウィッグ姿をジェームズに見せるわけにいかない。

アガサは彼のことをずっと夢見ていて、彼のことを考えていた。ところがもうすぐまたカースリーに戻ってくると知ると、とうてい顔をあわせられないと感じた、あの苦しみやいらだちとまた向き合うことはできない。しかもほとんど禿げた頭で。

アガサはすぐさま行動に移った。ドリス・シンプソンに電話して、猫の面倒を見てもらうことにした。アガサはせかせかとスーツケースに服を詰めた。

四時に車に乗りこみ、カースリーを出た。どこに行くか決めていなかった。ただ家を離れなくてはということだけで頭がいっぱいだった。

ジェームズ・レイシーはコテージに帰ってきた。わが家のドアに鍵を差しこもうとしたとき、ぎくりとして棒立ちになった。アガサのコテージの外に、サー・チャールズ・フレイスが馬鹿でかい花束を持って立っていたからだ。二人の男はじっと見つめ合った。チャールズはベルを鳴らした。

アガサの掃除人、ドリス・シンプソンがコテージを点検し猫の様子を見るためにちょうど来ていた。彼女はドアを開けた。

「あらまあ、サー・チャールズ。アガサは一時間前に出かけましたよ」

「ダーリン！」チャールズは叫んだ。「入れてくれないのかい？」

掃除人はとまどっていたが、一歩さがった。チャールズは中に入りこむと、ドアをバタンと閉めた。

ジェームズはそれをにらみつけながら、しばらくその場に立っていた。それから自分の家に入ると、ドアをたたきつけるようにして閉めた。

訳者あとがき

元敏腕ＰＲウーマンで、現在は引退してコッツウォルズで暮らすアガサ・レーズンが活躍する「英国ちいさな村の謎」シリーズ八作目『アガサ・レーズンとカリスマ美容師』をお届けします。

前回、泉の水を巡る事件に巻き込まれたアガサは、愛するジェームズとのあいだが、またまたこじれてしまいます。その後、ジェームズはどこか海外に出かけたようで、本書では一人きりになったアガサが孤独と憂鬱に押しつぶされそうになっています。

そんなとき、さらに追い打ちをかけるかのように自分の頭に白髪を見つけ、自ら染めようとして紫色になるという悲劇に。でも、牧師夫人に薦められたイヴシャムの美容院で、ハンサムで人当たりがよく、しかも腕のいい美容師ジョンにきれいにカラーリングしたうえ、女らしくセットしてもらえました。年を感じて落ち込んでいたアガサですが、ヘアスタイルが決まったとたんに若やいで、気分もアップ。いつもながら口は悪いけど憎めないアガサに、訳していてもにやっとさせられました。

美容師のジョンは女性をおだてるのが得意で、アガサにも甘い言葉をささやき食事に誘いだします。でも、アガサの素人探偵としての直感が、ちょっとしたできごとをきっかけに警鐘を鳴らすのです。そして、その顚末（てんまつ）を聞いた准男爵チャールズは、ジョンを調べてみたらどうかとアガサをけしかけます。こうして退屈していた二人は探偵ごっこを始めました。最初は遊び半分だったのですが、殺人が起きるにいたって、あとにひけなくなり……。


六作目の『アガサ・レーズンの幻の新婚旅行』でアガサとのあいだにいろいろあったチャールズが、本書でまたもや登場。貴族のくせにやけに締まり屋で、そのことでアガサにもあれこれ文句を言われます。もっとも貴族は土地を持っていても内情は苦しい一族も多いので、必ずしも貴族イコール大金持ちではないのです。かえってロワーミドルなのに商売などで大当たりして、貴族よりも経済的によほど上に立つ人々も最近はたくさん出てきているようです。

そして本書の季節は夏。しかもコッツウォルズには珍しい猛暑の夏です。この作品が書かれたのは実は一九九九年で、その頃はクーラーをつけている家や商店はほとんどありませんでした。ただし、アガサが乗っている車にはエアコンがついているようですが、ビートンは二〇一六年になって古いローバーが壊れプジョーに買い換えたが、初めてエアコンのついた車に乗ったとフェイスブックに記しています。イギリスでは現在でも、車にエアコンがあると自慢できるみたいです。実際、コッツウォルズでは月が変わるとあっという間に肌寒い秋に突入するので、エアコンが必要な日はおそらく数えるほどしかないのでしょう。本書ではイギリスならではの気候や貴族制度などがかなり書き込まれているので、ストーリーとは別に興味深く読めると思います。

アガサは歯に衣着せずにズバズバものを言うくせに、妙に繊細で小心なところがあり、そのアンバランスさが魅力的で、かわいらしい女性だと思います。もちろん勇敢で行動力があるところもすばらしいし、チャールズやロイとはちがってケチケチしない、いわば男前の女性です。さらに、よく思われたいという気持ちが人一倍強く、ちょっとしたことで嘘をついて見栄を張ります。本書でも、天敵のようなミセス・ダリへの対抗心から婦人会のお茶係を引き受けてしまいますが、見栄を張ってまたもやズルをするのです。そのほかにも、ちょっとした見栄がちょこちょこ出てきます。欠点と言えるかもしれませんが、そこが人間くさくて妙に共感を覚えました。それに今回は非道な目にあわされた女性を救おうと正義感も発揮します。いくつも欠点があっても、強烈な魅力のあるアガサがますます好きになった気がします。

このシリーズはイギリスではすでに二七冊が出版されていて、まだまだ続く予定のようです。九作目*Agatha Raison and the Witch of Wyckhadden*では本作のラストのあっと驚く災難のせいで、アガサは海辺のリゾートで過ごしています。そして、その土地で魔女の力を借りて（！）いくつかいいことがあるものの、やがて殺人が起き、またもやアガサは探偵をすることに……。今後、ジェームズやチャールズとの関係もどうなるのか楽しみです。ご期待ください。

コージーブックス

英国ちいさな村の謎⑧
アガサ・レーズンとカリスマ美容師

著者　M・C・ビートン
訳者　羽田詩津子

2016年　10月20日　初版第1刷発行

発行人　成瀬雅人
発行所　株式会社　原書房
〒160-0022 東京都新宿区新宿1-25-13
電話・代表　03-3354-0685
振替・00150-6-151594
http://www.harashobo.co.jp
ブックデザイン　atmosphere ltd.
印刷所　中央精版印刷株式会社

落丁・乱丁本はお取り替えいたします。
定価は、カバーに表示してあります。
 ISBN978-4-562-06058-0 Printed in Japan